KARINA BAUMANN

Schuhplattlermord

STEYRERSCHULD In Steyr freut man sich auf das Stadtfest, die Vorbereitungen laufen auf Hochtouren. Nur Dietmar Krauskopf senior tobt. Der Obmann der ältesten Schuhplattlergruppe des Bezirks, der »Lederhosenklatscher«, will die Teilnahme einer Damengruppe beim Bezirkswettbewerb verhindern. Daniela Rauscher, die Obfrau der »Dirndlschupfer«, will den Auftritt genauso kriegerisch durchsetzen. Wenn es sein muss, auch mit unfairen Mitteln. War das ihr Todesurteil? Oder war der Sturz vom Aussichtsturm ihre eigene Schuld? Diese Fragen muss Chefinspektor Willi Kleinlich klären, und wird dabei mit seinem eigenen Schuldmonster konfrontiert, was die noch zarten Bande zwischen ihm und Mitzi Eisenhuber belastet. Natürlich auch, weil es die Hobbydetektivin wieder nicht lassen kann, ihre eigenen Ermittlungen anzustellen.

Karina Baumann ist Steyrerin aus ganzem Herzen. Aufgewachsen in der Nachbargemeinde Garsten, zog es sie schon bald in die Stadt, aus der sie nicht mehr weg möchte. Hier arbeitet sie als Bürokauffrau und widmet den größten Teil ihrer Freizeit dem Schreiben – unter anderem ist sie ein Gründungsmitglied der Steyrer Schreibgruppe »textQuartett«. »Schuhplattlermord« ist nach »Christkindlmord« der zweite Roman von Karina Baumann, der im Gmeiner-Verlag erscheint. Zuvor veröffentlichte sie mehrere Kurzgeschichten in verschiedenen Anthologien.

KARINA BAUMANN

Schuhplattlermord

KRIMINALROMAN

GMEINER

Immer informiert

NEWSLETTER

Spannung pur – mit unserem Newsletter informieren wir Sie regelmäßig über Wissenswertes aus unserer Bücherwelt.

Gefällt mir!

Facebook: @Gmeiner.Verlag
Instagram: @gmeinerverlag
Twitter: @GmeinerVerlag

FSC www.fsc.org MIX Papier | Fördert gute Waldnutzung FSC® C014496

Besuchen Sie uns im Internet:
www.gmeiner-verlag.de

Im Ehnried 5, 88605 Meßkirch
Telefon 07575/2095-0
info@gmeiner-verlag.de

1. Auflage 2023

Lektorat: Claudia Senghaas, Kirchardt
Herstellung: Mirjam Hecht
Umschlaggestaltung: U.O.R.G. Lutz Eberle, Stuttgart
unter Verwendung eines Fotos von: © Airene / photocase.de
Druck: GGP Media GmbH, Pößneck
Printed in Germany
ISBN 978-3-8392-0507-5

Personen und Handlung sind frei erfunden.
Ähnlichkeiten mit lebenden oder toten Personen
sind rein zufällig und nicht beabsichtigt.

»Wer ohne Schuld ist, werfe den ersten Stein.«
(frei nach Jesus)

»Schuld ist ein schweres Wort, Mitzi. Wenn du sie jemandem lange nachträgst, tun dir bald die Händ' weh.«
(wortwörtlich nach der Wanzi-Oma)

1.

»Du lieber Himmel, Klara, renn doch ned so!«, keuchte Mitzi und blieb stehen. »Ich wollt dir doch nur deine neue Heimat a bissal zeigen, und ned für die nächste Olympiade trainiern.« Sie setzte sich auf einen Baumstumpf und nahm ihre Trinkflasche aus dem Rucksack.

Klara war ebenfalls stehen geblieben und schaute lächelnd auf ihre Schwiegermutter. Die war so ganz anders, als Berti sie beschrieben hatte. Aber Mitzis Sohn war ja auch viele Jahre von zu Hause weg gewesen, weil er das Leben auf dem elterlichen Bauernhof in Christkindl nicht mehr ausgehalten hatte. Vor allem das Zusammenleben mit seinem Vater Adi. Nach einem heftigen Streit vor fünf Jahren war Berti einfach in sein Auto gestiegen und so weit weg wie möglich gefahren. Er fuhr zwei Tage planlos Richtung Norden, sein einziges Ziel war, so weit weg wie nur möglich von zu Hause zu kommen. Ein Sekundenschlaf beendete seine Reise, und er strandete, im wahrsten Sinne des Wortes, an Deutschlands Nordseeküste. Dort wurde er von einer blonden Meerjungfrau namens Klara gerettet. Die nahm den jungen Mann mit auf ihre Hallig, vor allem, weil ihr seine komische Beinbekleidung so gefiel. Auf Hooge waren Männer mit kniekurzen Lederhosen eher selten. Klaras Eltern hatten Berti gerne auf ihrem Bauernhof aufgenommen, denn auf Hooge waren tüchtige Schwiegersöhne genauso selten. Der raue Nordseewind hatte Berti die schlimmen

Erinnerungen an zu Hause schnell aus dem Kopf geblasen, und Hooge war zu seiner neuen Heimat geworden.

Doch als er letzten Dezember die Nachricht vom Tod seines Vaters bekommen hatte, war in Berti die Sehnsucht nach den österreichischen Bergen erwacht, und der Umstand, dass Klaras Eltern ihren Bauernhof verkaufen wollten, hatte Berti die Entscheidung, in seine ursprüngliche Heimat zurückzukehren, leicht gemacht. Inzwischen hatte seine Mutter den Hof auf ihn und Klara überschrieben, und Mitzi war eifrig damit beschäftigt, ihrer norddeutschen Schwiegertochter das Leben im oberösterreichischen Alpenvorland näherzubringen, das dem Leben auf der Hallig gar nicht so unähnlich war. Viel traditionelle Menschlichkeit, eingesperrt zwischen hohen Bergen (zumindest für Klara, denn im Gegensatz zu einer Seehöhe von drei Metern, war der Damberg mit seinen 811 Metern wie ein Gebirge für sie). Auf Hooge waren sie vom Wasser umgeben, was die Bewohner manchmal genauso schrullig machte wie das Leben in einem Talkessel. Wobei Schrulligkeit für Klara nichts Schlimmes war. Für sie waren das kleine Eigenheiten, die einen Menschen besonders machten. Anders, aber nicht besser oder schlechter.

Klaras idyllische Gedanken wurden jäh unterbrochen. Ein Schrei gellte durch den Wald.

»Mitzi, was war das?«, fragte sie und blickte ängstlich herum.

»Na, g'schrien hat wer«, antwortete Mitzi nüchtern und stand auf. »I glaub, des war bei der Aussichtswarte oben. Komm, schau ma mal. Vielleicht ist wer g'stürzt und braucht Hilfe.«

So schnell es ihre kurzen Beine und ihre nicht dezenten Speckringerl zuließen, lief Mitzi die letzte Steigung hoch. Nach wenigen Metern waren sie am Grat angekommen, und von hier ging der Wanderweg eben bis zu dem hölzernen Turm, der normalerweise von vielen Wanderern besucht wurde, aber zu dieser Zeit waren Klara und Mitzi alleine am Berg. Bis auf die Gestalt, die mit dem Gesicht nach unten auf der betonierten Plattform der Warte lag.

»Jessas«, rief Mitzi und kniete sich neben den leblosen Körper, »die wird doch ned tot sein.« Vorsichtig legte sie ihre Finger an den Hals der jungen Frau am Boden, konnte jedoch nichts spüren. Mitzi drehte sie um, und die weit geöffneten Augen bestätigten ihr den Tod der Frau.

»Klara, du hast doch dein Handy mit. Ruf die Polizei, da können ma nix mehr machen.«

Klara stand bleich und zitternd neben Mitzi. »Ist sie wirklich tot, Mitzi?«

»Ja, Mädl, die is wirklich tot«, sagte Mitzi und stand schwerfällig auf, wobei sie sich an Klara abstützte. Das war der jungen Frau zu viel, und sie sank mit einem Seufzer ohnmächtig zu Boden.

»A geh«, schimpfte Mitzi, »die jungen Leut haltn nix mehr aus.«

Mitzi vergaß dabei, dass sie selbst vor wenigen Monaten beim Auffinden ihrer ersten Leichen den Boden geküsst hatte. Nein, das stimmte nicht ganz. Ohnmächtig wurde die Mitzi erst, als die Polizisten sie fesselten, weil Mitzi einen Sanitäter ohrfeigen wollte, der mit seinem Rettungswagen ihr Glühweinstandl touchiert hatte.

Mitzi durchsuchte Klaras Jackentaschen, fand das Handy, konnte es aber nicht entsperren. Sie tätschelte

Klaras bleiche Wange, um sie wieder aufzuwecken. Langsam kam Klara zu sich.

»Mädl, was machst den für Sachn? I hab dacht, ihr aus dem Norden seids a bissal robuster. Sag ma den Code für dei Handy, damit i die Polizei anrufn kann.«

»2204«, flüsterte Klara und rutschte auf dem Hintern von der Leiche weg.

»Ach, dem Berti sei Geburtstag. Des hätt i mir eigentlich denkn können.«

Mitzi tippte die 133 ein, weil die 144 sowieso nichts mehr gebracht hätte.

»Polizeinotruf, wie kann ich Ihnen helfen?«

»Ja, hallo, da is die Mitzi Eisenhuber. I hab wieder amoi eine Leiche g'fundn.«

Auf der anderen Seite blieb es still.

»Hallo? Habn Sie mi g'hört?«, rief Mitzi in Klaras Handy und kontrollierte dann den Empfang. Alle Stricherl vorhanden.

»Hallo?«, kam es plötzlich aus dem Telefon. »Sind Sie noch da?«

»Ja, sicher bin i noch da«, antwortete Mitzi etwas genervt.

»Können Sie das bitte wiederholen?«

Mitzi seufzte kurz. »I hab a Leiche g'fundn. Bei der Aussichtswarte am Damberg. Können S' jetzt endlich den Chefinspektor Kleinlich schicken, oder soll i den selber anrufn?«

»Nein, nein, das machen schon wir. Sie bleiben bitte wo Sie sind und greifen nichts an.«

»Sie bleiben wo Sie sind und greifn nix an«, giftete Mitzi und steckte das Handy in ihre Jacke. »De könntn sich auch amal an neichen Text einfalln lassn.« Sie drehte sich zu Klara um, die noch immer blass, aber zumindest ansprechbar war. »Na, Mädl, geht's wieder?«

»Ja, Mitzi, aber …«, Klara schaute ängstlich auf ihre Schwiegermutter, »… ich kenne die Tote.«

Die Wanzi-Oma hat immer gesagt: »Im Tod sind alle Menschen gleich. Nur beim Sterben gibt's einen Unterschied.«

2.

Zwei Tage vorher

Die Luft im Innenhof des altehrwürdigen *Gasthaus Maurer* am Stadtplatz war heiß. Was nicht nur an der für April ungewöhnlich hohen Temperatur lag, sondern auch an der hitzigen und lauten Diskussion zwischen den lederbehosten Männern. Es war Dienstag, und somit Sitzungsabend des Vereins *Lederhosenklatscher*, der ältesten Schuhplattlergruppe der Stadt. Nein, des ganzen Bezirks. Gegründet anno 1923 vom Urgroßvater des Mannes, der jetzt mit geschwellter Brust und hochrotem Kopf lautstark seinem Ärger Luft machte, wobei die Hirschhornknöpfe an seiner speckigen Lederhose harte Arbeit leisten mussten.

»Ich werde das nie und nimmer zulassen!«, schrie Dietmar Krauskopf und zeigte mit drohendem Finger auf seine Vereinskollegen. »Und jeder, der anderer Meinung ist, kann sofort aufstehen und damit ned nur das Wirtshaus, sondern gleich auch den Verein verlassen!«

Die meisten der Anwesenden waren von Anfang an seiner Meinung gewesen. Nur ein mutiger Vereinskollege hatte es gewagt, die Idee des Bürgermeisters gutzuheißen. Das neugewählte Stadtoberhaupt, ein junger und dynamischer Mann, der frischen Wind in seine Gemeinde bringen wollte, war nämlich der Meinung, dass beim diesjährigen Stadtfest und dem damit verbundenen

1. Bezirkswettbewerb im Schuhplatteln auch eine Damengruppe teilnehmen sollte. Die *Dirndlschupfer* mit ihrer Chefin Daniela Rauscher hatten sich angemeldet, und das war vom Bürgermeister wohlwollend zur Kenntnis genommen worden. Was vielleicht auch an den ultrakurzen roten Lederhosen gelegen haben mag, welche die Damen beim Vorstellungsgespräch im Bürgermeisterbüro getragen hatten. Es gilt natürlich die Unschuldsvermutung.

Jedenfalls waren die männlichen Plattlerkollegen in keinster Weise amüsiert über diese Idee. Das Schuhplatteln war Männersache. Immer schon. Und das würde auch so bleiben. Zumindest so lange Dietmar Krauskopf das Sagen im Verein hatte.

Das sah jetzt auch der aufsässige Vereinskollege ein und setzte sich zurück auf seinen Platz, wenn auch leise vor sich hin murrend.

Der Posten des Vereinsobmannes lag seit vier Generationen fest in Krauskopfscher Hand, und die fünfte Generation stand schon bereit. Dietmars Sohn, gesegnet mit dem Namen Dietmar junior, war schon bei seiner Geburt ins Vereinsregister eingetragen worden, und machte seinen Job als Erbprinz sehr gut. Zumindest was die von Bier und Schweinsbraten geformte Figur und das cholerische Temperament anging. Eigentlich war er für die Teilnahme der Damengruppe am Schuhplattlerbewerb und hatte die letzten Tage mit drei anderen Befürwortern große Reden geschwungen. Von wegen, dass jetzt andere Zeiten sind und die alten Statuten längst nicht mehr passen. Er meinte auch, er werde seinem Vater schon zeigen, dass der Verein moderner werden müsse, und das am besten mit einem neuen Obmann. Nämlich ihm – Dietmar junior. Doch kurz vor der Vereinssitzung hatte Dietmar senior einen cholerischen Anfall und Dietmar junior daraufhin kalte Füße bekommen. Auch zwei der anderen Mitstreiter verloren kurzfristig ihren Mut zur Revolution, und so war es für den letzten Verbliebenen eher ein Selbstmordkommando, sich für die Teilnahme der Damen und gegen den Vereinsobmann auszusprechen. Dietmar senior ließ keinen Widerstand in den eigenen Reihen zu. Auch nicht in seiner Familie. Darum saß sein Sohn jetzt ziemlich maulfaul neben ihm und ignorierte die hasserfüllten Blicke des gescheiterten Revolutionärs, dem er ohne Vorwarnung die Unterstützung gekündigt hatte.

Dietmar senior indessen wetterte weiterhin mit dröhnender Stimme gegen die »g'schupften Lederhosenballerinas«, wie er die weiblichen Schuhplattlerinnen nannte. Auch wenn er selber schon seit einigen Jahren und etlichen Kilos, nicht mehr aktiv am Schuhplatteln teilnahm, hatten seine Worte noch immer am meisten Gewicht. So wie er selbst.

Als ihm schließlich keine Beleidigungen mehr einfielen, stellte Dietmar die alles entscheidende Frage.

»So, meine Meinung kennt ihr jetzt. Wer immer noch dafür ist, dass die Weiber am Wettbewerb teilnehmen«, er blickte siegessicher in die Menge, »der soll sein Patschhändchen heben.« Keine Reaktionen.

»Gut. Und von mir aus machen wir noch die Gegenprobe. Wer dagegen ist, Hand hoch!« Augenblicklich schossen alle Hände nach oben. Nur Dietmar junior hob gelangweilt seine Hand auf Halbmast, was sein Vater im Siegeseifer jedoch nicht bemerkte.

»Na dann …« Dietmars Lächeln wurde noch breiter, und seine Siegerpose hätte sogar Julius Cäsar vor Neid erblassen lassen, »... ist ja alles klar.« Er rief nach der Kellnerin. »Resi, bring noch eine Runde für alle. Auf meine Rechnung.«

Damit war für ihn das Thema erledigt. Um die Verantwortlichen beim Magistrat machte er sich keine Sorgen. Sein Schwager war Vorsitzender im Stadtfestkomitee, und auch innerhalb der Familie hatten Dietmars Worte am meisten Gewicht. Frei nach dem Motto: Wer zahlt, schafft an. Das war einer der ersten Lebensregeln, die er von seinem Vater gelernt hatte. Dass er mit dem Geld seiner Frau anschaffte, war ihm egal. Im Gegensatz zu seinen Vorfahren war er beruflich eher wenig erfolgreich, da er schon in jungen Jahren einen sehr hedonistischen Lebensstil pflegte. Darum hatte er mit Anfang 20 die Tochter eines gut betuchten Autohändlers geschwängert und ins finanziell sehr gut ausgestattete Luxusnest eingeheiratet. Seine Schwiegereltern hatten den Anstand besessen, nicht mehr lange zu leben, und somit waren die acht Autohäuser in Dietmars Besitz übergegangen, da sein Schwiegervater der Meinung gewesen war, der Betrieb gehöre in Männerhände, seine Tochter solle sich um die Thronfolge kümmern.

Die Geschäfte liefen gut, jede Filiale hatte einen fähigen Geschäftsführer samt gut funktionierenden Angestellten, und so konnte sich Dietmar weiter seinen Leidenschaften widmen – Bier, Schweinsbraten und Schuhplatteln. Männerherz, was willst du mehr? Dietmars Herz hätte geantwortet – eine Diät, mehr Bewegung, und weniger Cholerik.

Doch Dietmar ignorierte die Bedürfnisse seines Herzens. Er verließ sich ganz auf seinen Kopf und Körper. Die hatten ihn noch nie verlassen.

So stand er nun, wie Napoleon nach einer gewonnen Schlacht, vor seinen Soldaten und genoss das Bad im Applaus der durstigen Männer.

Was Dietmar nicht wusste war, dass nur knapp 200 Meter entfernt im *Café Gänseblümchen* genauso heiß zu diesem Thema diskutiert wurde. Das kleine Kaffeehaus war entgegen den angeschriebenen Öffnungszeiten geschlossen und trotzdem gut gefüllt. Mit eben den Damen, über die der Plattler-Obmann gerade so schimpfte.

»Und wir machen trotzdem mit!«, schrie Daniela Rauscher, ihres Zeichens das weibliche Pendant zu Dietmar Krauskopf bei den *Dirndlschupfern.* Sie war zwar körperlich nur halb so gewichtig wie Dietmar, aber temperamentmäßig stand sie ihm in nichts nach.

»Wofür habn wir denn die letzten zwei Jahre jede freie Minute trainiert, bis uns die Hände und die Oberschenkel brennt habn? Damit wir uns jetzt von ein paar wamperte Mannsbildern anschaffen lassen, wo wir platteln dürfen und wo nicht? Sicher ned!«

Die meisten Vereinskolleginnen nickten zustimmend, nur Susanne Kleinert hob schüchtern die Hand.

»Äh … Dani … ich muss dir noch was sagen. Eigentlich wollt ich nach dem Treffen noch mit dir reden, aber jetzt ist es eh schon wurscht.« Sie stand auf und blickte mit einem breiten Grinsen in die Runde. »Ich kann beim Stadtfest nicht mitplatteln. Ich bin schwanger.«

Die anderen Mädels fingen an zu jubeln und umarmten die werdende Mutter. Nur Daniela Rauscher blickte finster auf die kreischende Menge. Dann klatschte sie plötzlich laut in die Hände.

»Mädls, beruhigt euch wieder«, schrie sie, »die Susi

kriegt nur ein Kind und hat ned den Nobelpreis gewonnen.« Daniela baute sich mit verschränkten Armen vor der noch immer grinsenden Susanne auf.

»Ich hab schon länger gemerkt, dass mit dir was ned stimmt.« Der Ärger in Danielas Stimme war nicht zu überhören. »Hättest du dir des ned a bissal besser einteilen können?« Sie drehte sich zu den anderen um. »Aber gut, es ist halt jetzt so, und wir brauchen einen Ersatz für die Susi.«

»Aber geh, Dani«, meinte die stellvertretende Obfrau, Lena Steiner, »wie willst denn in der kurzen Zeit jemanden finden, der so gut platteln kann wie die Susi?«

Schau, Lena«, antwortete Daniela mit einem süffisanten Grinsen, »das ist der Grund, warum ich die Chefin bin und du nur meine Stellvertreterin. Nachdem die Susi bei unserem letzten Treffen die ganze Zeit grinst hat wie ein eing'rauchtes Hutschpferd und dann auch noch das obligatorische Abschlussseiterl ned getrunken hat, war mir klar, dass sie schwanger ist und wir eine Neue brauchen. Darum hab ich gestern auf *Facebook* einen Aufruf für ein Schuhplattler-Casting gepostet, und es haben sich schon acht Bewerberinnen gemeldet.« Triumphierend blickte sie in die entgeisterten Gesichter ihrer Vereinskolleginnen. »Na, hab ich das gut gemacht oder hab ich das sehr gut gemacht?«

Lena fand als Erste die Sprache wieder.

»Also weißt, Dani, das hättest du schon zuerst mit uns absprechen müssen. Wir sind schließlich ein Verein. Und der Susi könntest du zumindest gratulieren.«

»Wozu gratulieren? Dass sie fett wird und die nächsten 20 Jahre kein eigenes Leben mehr hat?« Daniela schnaufte verächtlich. »Nein danke! Und zum Thema Verein – *ich* habe diese Gruppe gegründet. Ohne mich würden die meisten von euch immer noch zu den Auftritten von eure Männer mitfahren, und dann das Taxi für die b'soffenen Lackln spielen. Und da braucht mir jetzt keine erzählen, dass euch unsere eigenen Auftritte keinen Spaß machen! Aber bitte«, sie hob abwehrend die Hände, »wer wieder die Dekoration für die Mannsbilder machen möchte, kann gerne gehen. Unter den acht Bewerberinnen sind sicher mehrere geeignete Kandidatinnen dabei.«

Sofort kamen beschwichtigende Rufe von den anderen.

»Nein, nein! Des passt schon, Dani!«

»Reg dich doch ned gleich so auf! Wir schaffen des schon zusammen.«

»Geh, Dani, du weißt doch, dass du auf uns zählen kannst!«

Nur Lena hielt sich zurück und ging zu Susanne, die nach Danielas Beleidigung weinend auf dem Klo verschwunden war.

»Geht's wieder, Susi?«

Susanne schnäuzte sich in ein Papierhandtuch.

»Jaja, geht schon. Ich weiß ja, wie die Dani ist. Und ehrlich gesagt bin ich froh, dass ich mir des nimmer antun muss. Aber wie lang willst du dir des noch g'falln lassn?«

Lena seufzte und setzte sich mit Schwung auf den gemauerten Waschtisch.

»Ach, weißt du, Susi, die Dani ist nun mal die Beste von uns. Und mir macht das Schuhplatteln einfach einen Riesenspaß. Da möchte ich halt mitmachn, solang ich kann.«

Die Tür ging auf, und Vicki, die Chefin des *Café Gänseblümchen*, steckt den Kopf herein.

»Die Dani hat gesagt, ihr sollt bitte wieder rauskommen. Es gäbe noch einiges zum Besprechen.«

»Die Dani hat *bitte* gesagt?«, meinte Lena, und hüpfte vom Waschtisch.

»Naja, sie hat's ein bisschen anders formuliert, aber gemeint hat sie es so.«

»Na, dann wollen wir die Chefin nicht warten lassen.« Lena legte Susi den Arm um die Schulter. »Gehst auch wieder mit rein?«

Susanne schüttelte den Kopf. »Nein, ich bin draußen. Sag den anderen noch einen schönen Gruß. Ich verschwind durch den Hinterausgang. Vielleicht können wir uns mal ohne die Dani treffen.« Die beiden umarmten sich noch einmal, und Lena ging zurück ins Café, wo Daniela schon ungeduldig mit ihrem Feuerzeug auf den Tisch klopfte.

Das könnte sie sich auch endlich abgewöhnen, dachte Lena, die Raucherei macht sie nicht unbedingt fitter, und stinken tut's auch. Wenn die sich jetzt da herinnen eine Zigarette anzündet, bin ich auch weg. Nein, bin ich natürlich nicht, weil dazu fehlt mir der Mut, und darum bin ich halt ewig die Nummer zwei.

Lenas Gedanken wurden durch Danielas unwirsche Stimme unterbrochen. »Wird es der gnädigen Dame endlich recht, oder sollen wir noch ein paar Friedenslichterln anzündn?«

Da von Lena keine Antwort kam, redete Daniela einfach weiter. »Also wie gesagt, ich hab schon acht Bewerberinnen, und morgen ist das Casting. Um 14 Uhr im Turnsaal von der Musikhauptschule. Wer Zeit hat, kann vorbeikommen, aber die Entscheidung treff sowieso ich.« Sie wartete kurz, ob Widerworte kamen, womit sie aber nicht wirklich gerechnet hatte. »Gut, dann war's das für heute. Pfiat euch, ich hab noch ein Date.« Und weg war sie.

Die anderen blieben noch eine Weile sitzen und lästerten über ihre despotische Chefin. Am Schluss mussten sie aber zugeben, dass Daniela in einem Punkt recht hatte: Sie hatten sich die letzten Jahre nicht die Oberschenkel wundgeklatscht und bei zahlreichen, teilweise grindigen Zeltfesten die Mitternachtseinlage gegeben, nur um jetzt auf ihren wichtigsten Auftritt zu verzichten.

Daniela wusste genau, dass jetzt hinter ihrem Rücken gelästert wurde, aber das war ihr wurscht. So schnell es ihre hochhackigen Pumps zuließen, lief sie zu ihrem Auto. Sie war spät dran für das Date mit dem unbekannten *Witcher123*, den sie vergangene Woche in einem Singleforum im Internet kennengelernt hatte. Es war nicht ihr erstes Treffen mit einem Mann aus diesem Forum, aber die vorangegangenen, oft stundenlangen Chats mit ihm, waren sehr spannend, lustig und auch ein wenig erotisch angehaucht gewesen. Nicht grauslich und obszön, sondern mit einer subtilen sexy Note. Außerdem sah *Witcher123* auf den Fotos im Singleforum gut aus. Nicht zu gut, um den Verdacht zu erwecken, dass die Fotos ein Fake waren, und sich hinter dem Profil ein sogenannter »Romance Scammer« verbarg. Bei diesen Typen handelte es sich um professionelle Betrüger, die mit gefälschten Accounts versuchten, liebes- und zuneigungshungrige Damen um ihr Geld zu bringen. Meistens waren es afrikanische oder osteuropäische Banden, die im Internet zu Ärzten, Bohrinselingenieuren, Werftbesitzern oder – besonders beliebt – nach Amerika ausgewanderten Baseballspielern wurden, mit italienischen oder sonstigen südländischen Wurzeln, um ihr stark akzentlastiges Englisch zu erklären. Sie verwöhnten die Frauen mit Aufmerksamkeit, jeden Morgen eine Nachricht, und vor dem Schlafen auch. Und untertags immer wieder ein schneller Smiley oder sogar eine kurze Sprachnachricht, wie sehr er die Angebetete doch vermisste und sich so wahnsinnig darauf freute, sie endlich zu besuchen, weil der Urlaub und die Reise zu ihr waren schon geplant. Die Vorfreude bei den Damen stieg in kaum mehr auszuhaltende Höhen, aber so etwa drei bis fünf Tage vor seiner Ankunft, kam eine ganz schlimme Nachricht, weil Mutter/Oma/Tochter/Geschäft schwer desolat, und er benötigte dringend Geld für Operation/Pflegeheim/Kredithai, sonst könne er nicht kommen. Spätestens hier sollten bei den auserkorenen Frauen alle Alarmglocken läuten, aber eine rosa Brille mit 30 Dioptrien macht nicht nur blind, sondern drückt mit ihrem Gewicht auch auf die Ohren und beeinträchtigt das Hörvermögen. Somit verschwindet das Vermögen der Frauen auf einem ausländischen Bankkonto, und mit ihm auch gleich der heiß begehrte Mann. Und damit jetzt niemand glauben muss, dass nur Männer so betrügerisch und niederträchtig sind, auf diesen Singleseiten treiben sich auch viele osteuropäische und asiatische Fakedamen herum.

Jedenfalls hatte Daniela auch schon einmal so ein Erlebnis, wobei sie jedoch bei der ersten Geldforderung ausgestiegen war. Danach war sie etwas vorsichtiger geworden und hatte die Männer nicht mehr nur nach ihrer schönen Fassade ausgesucht. Eigentlich hätte sie es gar nicht nötig, im Internet auf Partnersuche zu gehen, aber Daniela liebte das Spielen mit den Männern. Mit deren Stärken, Schwächen und Gefühlen. Ein gefährliches Spiel. Ein Spiel mit dem Feuer. Den Mann heiß machen, bis er entflammt, und ihn dann mit einer kalten Abfuhr löschen. Oder untertauchen und ihm so die Nahrung für sein Feuer entziehen. »Ghosting« nennt man das. Wenn das angebetete Gegenüber einfach verschwindet, nicht mehr auf Nachrichten und Anrufe reagiert. Eine neumodische Art des Schlussmachens. Ohne Drama und Konflikt. Zumindest für den, der Schluss macht. Der Verlassene dagegen stürzt meistens in eine tiefe Krise. Weiß nicht, was er falsch gemacht hat, was mit ihm nicht stimmt, und sucht die Ursachen für das Scheitern der noch gar nicht vorhandenen Beziehung bei sich selbst, während die Verursacherin schon das nächste Opfer umgarnt. So wie Daniela, die erst letzte Woche einen potenziellen Lebensabschnittspartner auf diese Art und Weise los geworden war, weil er doch allen Ernstes nicht bereit war, zum ersten Date von München nach Steyr zu fahren. Ein absolutes Geht-gar-nicht für Daniela, die es gewohnt war, dass die Männer ihr nachliefen und auf Händen trugen, und der eine oder andere sich auch schon mal zum Deppen machte.

Auf das Treffen mit *Witcher123* freute sich Daniela besonders, da der auch in Steyr wohnte, was die Möglichkeit einer festen Beziehung stark erhöhte, und ihr somit das doch etwas lästige Ghosting wahrscheinlich erspart blieb. Denn im Grunde sehnte sich Daniela nach einem Partner, der länger blieb als bis zum Frühstückskaffee. Davon wusste niemand etwas, weil sie ihr Image der starken und unabhängigen Frau unbedingt aufrechterhalten wollte. Den Widerspruch darin erkannte sie nicht. Ihr war nicht klar, dass sie diese Fassade irgendwann fallen lassen musste, wenn wirklich ein Mann näher an sie rankommen sollte. Sie trug diese Maske der hochnäsigen Unnahbarkeit schon viel zu lange und konnte mit dem esoterischen Geschwafel ihrer Freundin Lena nichts anfangen. Die meinte, Daniela müsse ihre Maske endlich abnehmen und den Menschen endlich ihr wahres ICH zeigen. Nur dann könnte sich ein Mann wirklich in sie verlieben.

Bullenkacke, dachte Daniela. Wer zeigt den schon sein wahres ICH? Die Berühmtheiten in den Hochglanzmagazinen? Die It-Girls und Influencer auf *Facebook*, *Instagram* und Co.? Die ganze Welt war doch ein scheinheiliger Haufen, und wer sich den größten Heiligenschein kaufen konnte, bekam am meisten Aufmerksamkeit. Wenn ihr Lena noch einmal so einen Blödsinn verzapfte, würde sie ihr dieses eine Foto schicken, das sie seit einem Monat auf ihrem Handy hatte. Mal schauen, wie lange Lenas heile Welt dann noch stand.

Daniela brauchte mit dem Auto nur zehn Minuten bis zum vereinbarten Treffpunkt, dem *Café Uferlos*. Eine neue Hipsterkneipe im Shabby-Chic-Stil mit zahlreichen Kaffeevariationen – vom guten, altmodischen Häferlkaffee, bis hin zum hypermodernen *Sticky Toffee Pudding Flavoured Coffee*. Dazu gab es hausgemachte Mehlspeisen von den *Zuckerpuppen* aus dem Nachbarort und kleine vegetarische Mahlzeiten.

Als Daniela eintrat, blickte sie sich suchend um, konnte den *Witcher* aber nicht entdecken. Ärgerlich blickte sie auf ihre Uhr. Jetzt bin ich schon fünf Minuten zu spät, aber der Typ ist trotzdem nicht da, dachte sie und überlegte kurz, ob sie einfach wieder gehen sollte. Nein, diese Genugtuung wollte sie dem Mann nicht geben. Wenn er doch noch kam, würde sie ihn zu Sau machen, und wenn er nicht mehr auftauchte, konnte sie sich wenigstens in aller Ruhe einen Chai Latte und eine Kirschtorte gönnen. Sie setzte sich an den hohen Ecktisch direkt am

Fenster. Von dort konnte sie die Straße in alle Richtungen überblicken und sofort sehen, wenn der *Witcher* angedackelt kam.

Ihr Handy vibrierte und zeigte den Eingang einer neuen Nachricht an. Vom *Witcher.* »Es tut mir leid, ich muss unser Treffen leider absagen. Mir ist etwas dazwischengekommen.«

Die Kellnerin trat zu Daniela an den Tisch. »Was darf ich dir bringen?«

»Nix!«, blaffte Daniela sie an und stürmte aus dem Café. Wutentbrannt und leise vor sich hin schimpfend stöckelte die Sitzengelassene zu ihrem Auto und bemerkte dabei nicht den Mann, der sie von der anderen Straßenseite her beobachtete. Der *Witcher* hatte das Feuer gezündet. Nun musste er nur noch ein wenig nachlegen.

Die Wanzi-Oma hat immer gesagt: »So wie du in den Wald hinein schreist, so schallt's zurück, aber manche Menschen vertragen das Echo ned.«

3.

Am nächsten Tag waren alle Schuhplattlerinnen beim Casting anwesend. Von den angemeldeten acht Bewerberinnen waren nur sechs erschienen. Zwei davon schickte Daniela mit den Worten »Ned bös sein, aber eure Hintern passen nicht in unsere Auftrittslederhosen«, gleich wieder weg.

Den verbleibenden vier jungen Damen zeigte Daniela eine kurze Choreografie, wobei sich herausstellte, dass es zum Schuhplatteln sehr hilfreich war, wenn man auf einer Hallig in der Nordsee aufgewachsen war und dort von klein auf für die Touristen den Holzschuhtanz aufgeführt hatte.

Somit blieben am Ende Mitzis Schwiegertochter Klara und eine tänzerisch und akrobatisch höchst talentierte junge Frau namens Renate über.

Klara hatte durch Mitzis beste Freundin von dem Casting erfahren und sich gedacht, das wäre doch eine gute Gelegenheit, um in ihrer neuen Heimat Fuß zu fassen. Ihrem Mann Berti und Mitzi hatte sie nichts davon erzählt. Es sollte eine Überraschung werden, wenn sie denn überhaupt durchs Casting kam. Inzwischen jedoch ging ihr der beleidigende Ton von Daniela ziemlich auf den Wecker.

Auch die zweite Endrundenkandidatin wurde von der Plattlerchefin ziemlich gemein angemacht. Doch im Gegensatz zu Klara schien Renate Danielas Gekeife nicht zu stören. Im Gegenteil. Je boshafter die Chefin über

Renates angeblich falsche Schrittfolge schimpfte, umso energischer legte diese sich ins Zeug.

Nach einer Stunde waren Klara und Renate schweißgebadet, und bekamen kaum noch Luft.

»Also gut«, schrie Daniela und klatschte in die Hände, »das reicht. War gar ned so schlecht.« Sie baute sich vor den zwei auf. »Du, Klara, kannst gern mitmachen, aber du …«, Daniela schaut abfällig auf die am Boden sitzende Renate, »… du passt ned zu uns.« Insgeheim wusste Daniela, dass ihre Entscheidung falsch war, aber sie hatte auch erkannt, dass Renate gut war. Sehr gut sogar. Mit etwas Training vielleicht sogar besser als Daniela selbst. Und dieses Risiko wollte sie auf keinen Fall eingehen.

Klara konnte es nicht glauben. Natürlich würde es ihr Spaß machen, bei den *Dirndlschupfern* dabei zu sein, aber Renate war doch eindeutig die Bessere. Nein, so wollte sie nicht gewinnen.

»Danke, das ist wirklich sehr nett«, sagte Klara, »aber dieses Platteln ist doch nichts für mich. Mit dem Hof und der ganzen Arbeit wird mir das zu viel.« Sie drehte sich lächelnd zu Renate um und reichte ihr die Hand. »Du kannst mitmachen. Du bist viel besser.«

Die Mädels wollten schon zum Klatschen anfangen, da packte Daniela Klara am Arm.

»Ich kenn die Gepflogenheiten auf deiner Insel ned«, sagte sie zu Klara, »aber hier wird nach meinen Regeln gespielt. Wenn ich sag, die Renate macht ned mit, dann macht sie auch ned mit. Verstanden?« Sie stemmte die Hände in die Hüften. »Und jetzt schleichts euch.«

Klara nahm Renate an der Hand und verließ mit ihr den Turnsaal. Die Genugtuung einer weiteren Beleidigung, wollte sie der Plattlerchefin nicht gönnen.

»Dani, bist du deppat?«, schrie Lena, und die anderen Mädels erschraken. Solche Worte waren sie von der besonnenen und ruhigen Vizechefin nicht gewohnt, und schon gar nicht in dieser Lautstärke. »Die Renate ist super! Und ohne sie können wir beim Wettbewerb gar ned mitmachen.«

Daniela dagegen blieb von Lenas Ausbruch komplett unbeeindruckt. »Ich hab's euch gesagt – die Entscheidungen treffe ich. Wenn dir des ned passt, kannst den beiden gerne nachgehen.« Danielas Stimme wurde noch eine Spur härter. »Ich werd die Choreografie dann halt so umschreiben, dass es auch ohne dich geht. Kein Problem für mich.«

Für ein paar Augenblicke herrschte Westernstimmung im Turnsaal. Es war totenstill. Keine wagte zu atmen oder zu blinzeln. *High Noon* in Steyr. Showdown im Turnsaal. Sergio Leone hätte es nicht besser schreiben können.

Schließlich gab Lena auf. Gegen Daniela konnte sie nicht gewinnen. Sie drehte sich um und verließ grußlos den Saal. Dabei musste sie nicht zurückblicken, um das Siegerlächeln in Danielas Gesicht zu sehen. Sie spürte es wie ein Messer im Rücken.

Für Daniela war das misslungene Casting schnell abgehakt und vergessen, und auch Lena kam, nachdem sie sich draußen kurz beruhigt hatte, wieder in den Turnsaal zurück. Sie versuchte noch einmal, ihre Freundin zu überzeugen, Renate in die Gruppe aufzunehmen.

»Die ist doch wirklich gut«, meinte sie. »Warum willst du die nicht dabeihaben?«

»Ich hab bei der ein komisches Gefühl«, antwortete Daniela und versuchte, dieses Mal freundlich zu bleiben, weil sie wusste, dass eine Teilnahme am Wettbewerb ohne Lena nicht möglich war. Das hatte sie nur behauptet, um Druck auf Lena zu machen und den Widerstand im Keim zu ersticken. Sie kannte Lenas größte Schwäche – Harmoniesucht. Streit war für ihre Freundin nicht auszuhalten. »Außerdem kommt die mir irgendwie bekannt vor. Ich weiß nicht, von wo ich sie kenn, aber kennen tu ich sie definitiv.«

Lena nickte zustimmend. »Jetzt, wo du es sagst …«

Daniela winkte ab. »Eh wurscht.« Sie zog ein paar Zettel aus ihrer Tasche. »Schau her, ich hab die Choreografie a bissal geändert. Jetzt brauchen wir keine neue Plattlerin mehr.«

Lena nahm ihr die Zettel aus der Hand und blickte skeptisch drauf. »Wie soll denn das gehen, mit einer ungeraden Zahl an Tänzerinnen?

Bevor Daniela antworten konnte, brummte ihr Handy. Wieder eine Nachricht vom *Witcher123*. Na, der hat vielleicht Nerven, dachte Daniela und schnaubte verächtlich. Lena schaute sie fragend an. »Probleme?«

»Nein, da glaubt nur so ein Wichtiger, dass er mich verarschen kann.«

»Hast wieder einen Mann im Internet kennengelernt? Daniela, du solltest a bissal vorsichtiger sein. Da gibt es wirklich gefährliche Typen.«

»Mei, Lena, mach dich nicht so wichtig! Was weißt denn du schon?«, meinte Daniela genervt. »Kann ja ned jede so fad sein wie du und mit dem Sandkastenfreund auf immer und ewig zusammen sein wollen.« Ihre bemühte Freundlichkeit hatte nicht lange gehalten.

Lena schluckte. In letzter Zeit fiel es ihr immer schwerer, Danielas bissige Bemerkungen an sich abprallen zu lassen.

»Ich mein es doch nur gut mit dir und mach mir halt Sorgen um dich.«

»Gut meinen ist nicht immer gut machen«, ätzte Daniela weiter. »Und wenn du dir um jemanden Sorgen machen willst, dann kümmer dich lieber um deinen Flori.«

»Wie meinst denn das?« Jetzt wurde auch Lena langsam böse.

»Ja, hast denn das immer noch nicht geschnallt, dass dein ach so lieber Florian dir nicht immer so treu ist, wie du glaubst?« Daniela grinste boshaft, schnappte ihre Tasche und ließ Lena einfach stehen.

Die tödlichen Blicke, die Lena ihr nachwarf, gingen ihr sprichwörtlich am Arsch vorbei.

Die Wanzi-Oma hat immer gesagt, wenn die Mitzi geweint hat, weil die anderen Kinder sie verspottet haben: »Wennst solche Freunde hast, brauchst keine Feinde.«

Manche Menschen unterschätzen die Freunde, die sie sich zum Feind gemacht haben.

4.

Ein paar Stunden später war es dann vorbei mit Danielas Boshaftigkeiten. Ihr toter und kalter Körper lag am Fuße der Dambergwarte, und ihre leeren Augen starrten in den strahlend blauen Himmel.

Mitzi und Klara hatten sich etwas abseits auf eine Bank gesetzt und warteten auf das Eintreffen der Polizei. Klara zitterte noch immer am ganzen Körper, während sie Mitzi erzählte, woher sie die Tote kannte.

»Mei, du armes Würsterl«, sagte Mitzi und drückte Klara fest an ihren schwiegermütterlichen Busen.

So blieben die beiden sitzen, bis eine halbe Stunde später die ersten Polizisten am Aussichtsturm ankamen. Zu Fuß, weil mit dem Auto kam man über die Forststraße nur bis zum Grat, und das ausschließlich in einem geländegängigen Fahrzeug. Die Fahrt bis zum Turm war nur mehr mit einem Traktor möglich. Allen voran lief Inspektor Baumüller, der Mitzi schon von Weitem entgegengrinste. Vielleicht ein wenig pietätlos angesichts der Umstände, aber für den Inspektor war es nicht das erste mörderische Zusammentreffen mit Mitzi, und er verband mit der robusten Bäuerin schmerzliche, aber auch sehr schmackhafte Erinnerungen. Mitzis kulinarische Kreationen aus dem hofeigenen Cateringservice waren im ganzen Bezirk bekannt, was Baumüller und seine Kollegen von der Polizeiinspektion nur bestätigen konnten. Auch sein Vorgesetzter, Chefinspektor Kleinlich, konnte davon ein Lied singen, und in diesem Lied kamen nicht nur die Kochkünste von Mitzi vor, sondern Kleinlich war auch von den menschlichen und körperlichen Vorzügen der Mitzi sehr angetan. Nach dem Tod von Mitzis Mann waren sich der Chefinspektor und Mitzi nähergekommen, obwohl sie äußerlich und innerlich sehr verschieden waren. Kleinlich ein dürrer, grantelnder Zweimetermann, den sein Beruf misstrauisch und verschlossen gemacht hatte, Mitzi eine kleine, kugelrunde und warmherzige Powerfrau, die trotz ihrer unschönen Vergangenheit sehr lebenslustig war und offen auf die Menschen zuging. Was auch an ihrer Neugier lag, aber vor allem an ihrem übergroßen Herzen. Und das fing immer vor Freude zu hüpfen an, wenn Mitzi den Chefinspektor traf.

Was das große Herz der Mitzi dann auch prompt tat, als Kleinlich, etwas außer Atem, gleich nach Baumüller bei der Dambergwarte ankam.

Mitzi war für einen Moment in einer verzwickten Situation. Auf der einen Seite wollte sie sofort zu Kleinlich gehen, auf der anderen Seite musste sie die noch immer zitternde Klara festhalten. Sie entschied sich dann doch für ihre Schwiegertochter und winkte nur kurz zu den Polizisten hinüber, die bereits den Körper der toten Daniela begutachteten. Sie sahen nach oben zur Aussichtsplattform des Turms, und Kleinlich bedeutete den soeben eingetroffen Kollegen mit einem Kopfnicken, dass sie sich oben umsehen sollten. Es war klar, dass die Tote von dort heruntergestürzt war, aber ob freiwillig oder nicht, musste noch geklärt werden. Dann ging er langsam zu Mitzi und Klara, wobei er versuchte, die flatternden Schmetterlinge in seinem Bauch zu ignorieren. Nie hätte er sich gedacht, dass er in seinem Leben noch einmal eine

Frau treffen würde, die sein Herz berührte und auch sonstige Körperteile. Zum Beispiel seine Nerven. Die wurden im vergangenen Jahr von Mitzi manchmal heftig strapaziert, als diese sich bemüßigt sah, ihm bei der Aufklärung von zwei Morden rund um den Steyrer Adventmarkt zu helfen. Im Nachhinein gesehen, hatte sie das auch getan, sich dabei aber selbst in große Gefahr gebracht. Jetzt saß sie schon wieder an einem Leichenfundort, und lächelte ihm mit ihren glänzend roten Apfelbäckchenwangen entgegen. Und auch die restliche Mitzi strahlte wie ein überschmückter Weihnachtsbaum. Für die Wanderung auf den Damberg hatte Mitzi ihre Rubensfigur in pinkfarbene Leggings gezwängt, die durch Mitzis Speckringerl am Rande ihrer Belastbarkeit waren. Dazu trug sie noch eine neongelbe Regenjacke, goldene Wandersneakers und ein schwarzes Stirnband mit Silberpailletten. Jeder andere Mann hätte geblendet die Flucht ergriffen, doch Kleinlichs rosa Brille dämpfte Mitzis Ausstrahlung und ließ sie für ihn wie eine zarte Elfe aussehen. Er schüttelte kurz den Kopf, um diese für ihn überbordend romantischen Gedanken aus dem selbigen zu verdrängen.

»Servus, Willi«, rief Mitzi, und versuchte erst gar nicht, die Freude über das Wiedersehen mit dem Chefinspektor zu verbergen, was auch diesem den Hauch eines Lächelns auf sein Gesicht zauberte. Natürlich freute er sich genauso, die Mitzi zu sehen, nur die Umstände hätten anders sein können.

»Grüß dich, Mitzi«, antwortete er etwas verhalten und blickte dann auf Klara. »Hallo, Klara. Brauchst du medizinische Hilfe?«

Klara schüttelte den Kopf und drückte sich noch fester an die Mitzi. »Nein, nein, es geht schon wieder. Mitzi hat schon den Berti angerufen. Der wird sicher auch gleich hier sein.« Sie schaute sehnsüchtig zum Weg, wo im selben Moment ihr Mann Berti gemeinsam mit Bezirksinspektor Neuer auftauchte.

Fabian Neuer war letztes Jahr frisch von der polizeilichen Weiterbildung zu Kleinlich geschickt worden, der über seinen neuen Assistenten alles andere als erfreut gewesen war. Neuer neigte zum Klugscheißern und war gegen Kleinlichs subtilen Sarkasmus immun. Daran hatte sich zwar nichts geändert, aber die Tatsache, dass Neuer der Mitzi das Leben gerettet hatte, war ein Grund für Kleinlich, seinem Assistenten eine Daseinsberechtigung zu gewähren.

Inzwischen war Klara aufgesprungen und hatte Mitzis gegen Bertis Arme getauscht. Somit war der Platz neben Mitzi frei, und sie klopfte mit der Hand auf die Bank, damit Kleinlich sich zu ihr setzte. Zum Turteln blieb ihnen jedoch keine Zeit, da Inspektor Neuer die traute Zweisamkeit unterbrach.

»Grüß dich, Mitzi! Was ist denn passiert?«, fragte er und zwängte sich in die kaum vorhandene Lücke zwischen Kleinlich und Mitzi. Bevor Mitzi antworten konnte, packte der Chefinspektor seinen Assistenten am Arm und zog ihn von der Bank hoch.

»Das ist ja schön, dass der Herr Inspektor Neuer auch schon da ist.« Kleinlichs Stimme wurde noch eine Nuance kälter. »Sind Sie auf dem Klo gesessen, als der Einsatz kam?«

Neuer, der, wie bereits erwähnt, für Kleinlichs Sarkasmus absolut unempfänglich war, schüttelte den Kopf. »Nein, ich war gerade in einem *Zoom*-Meeting mit einem Kollegen aus London. Die haben dort eine neue Sondergruppe …«

»Mei Bub, du warst in London im Zoo?«, rief Mitzi erstaunt.

Neuer setzte sich wieder zu ihr auf die Bank. »Nein, Mitzi, ich hatte ein *Zoom*-Meeting, auf dem Computer.«

»Ah, des geht? Wahnsinn! Des musst du mir unbedingt amal zeign.« Neugierig rutschte Mitzi näher zu Fabian Neuer.

»Wenn die Herrschaften dann fertig sind, können wir vielleicht wieder unsere Arbeit machen«, sagte Kleinlich unwirsch und auch ein wenig eifersüchtig. »Oder soll ich euch noch Kaffee und Kuchen bringen?«

»Ja, haben Sie denn welchen mit, Herr Chefinspektor?«, fragte Neuer. »Hier oben ist es schon ein wenig kühl.«

Da platzte Kleinlich endgültig der Kragen. »Sagen Sie mal, Sie Riesenrindvieh, wollen Sie zurück zum Streifendienst? Wenn nicht, dann bewegen Sie Ihren Allerwertesten sofort zu der Leiche und helfen Sie dem Kollegen Baumüller bei der Zeugenbefragung von Klara!«

Das verstand dann auch Neuer und tat, wie ihm befohlen. Kleinlich setzte sich wieder zu Mitzi. »Jetzt erzähl mir einmal, was passiert ist.« Seine Stimme war wieder etwas weicher geworden, und er musste sich beherrschen, um nicht Mitzis Hand zu nehmen.

Mitzi war da nicht so beherrscht. Sie rückte ganz nah an den Chefinspektor heran. »Also, des war so, Willi …« Sie legte ihre Hand auf seinen Oberschenkel, was bei ihm eine leichte Schnappatmung auslöste, was wiederum die Mitzi bemerkte und dem Chefinspektor auch ihr zweites Patschhändchen auflegte. »I wollt der Klara a bissal die Umgebung zeign, und weil halt unter der Woche ned so viele Leute hier herumlaufn, wollt ma auf den Damberg zur Aussichtswarte rauf. Von dort oben hat ma an wunderschönen Blick über ganz Steyr. Dann habn wir den Schrei g'hört, und wir mir zur Warte kommen san, is des tote Madl dag'leng.« Mitzi rückte noch näher an Kleinlich heran und flüsterte: »Du, Willi, i glaub, die is ned von allein g'storbn.«

Unter anderen Umständen hätte Kleinlich die Nähe und Hilfe von Mitzi sehr genossen, aber – Dienst ist Dienst, und Schnaps ist Schnaps. Oder wie in diesem Fall – Schmetterlinge sind Schmetterlinge und gehören nicht in den Dienst. Er stand auf und ging zwei Schritte zurück, um Abstand zwischen ihm und der Mitzi zu schaffen. Was die Mitzi leider falsch verstand und beleidigt die Arme vor der Brust verschränkte.

»Ähm … tja … also …«, stotterte der Chefinspektor, der Mitzis Stimmungswandel natürlich mitbekommen hatte. »Also, das müssen wir noch klären, und ich muss dann auch wieder an die Arbeit. Der Berti soll euch nach Hause bringen. Das Protokoll können wir später machen.« Schnell drehte er sich um und ging zurück zu seinen Leuten.

Die hatten inzwischen den Platz um die Warte abgesperrt, und die Spurensicherer waren auch schon eingetroffen. Für den Transport ihrer schweren Ausrüstung hatten sie einen Bauern samt Traktor angeheuert. Der hatte den Leichenfund natürlich sofort auf seinem *Facebook*-Profil gepostet und damit die ersten Schaulustigen angelockt. Keine gute Idee, da die Stimmung von Kleinlich durch Mitzis Abfuhr in den Keller gerasselt war.

»Baumüller!«, schrie er wütend. »Nehmen Sie dem Deppen auf dem Traktor das Handy weg, und jedem anderen auch, der Fotos macht. Neuer! Bericht!« Er blickte sich suchend nach seinem Assistenten um. Von oben kam dann auch prompt Neuers Antwort.

»Herr Chefinspektor, da heroben sind Kampfspuren und das Handy von der Toten. Ich glaube, die ist runtergestoßen worden.«

»Vielleicht schrein S' noch ein bisschen lauter, Neuer! Dann kann man Sie bis nach Linz hören, und Sie müssen dem Polizeichef keinen Bericht mehr schicken. Runterkommen! Sofort!« Aus dem Augenwinkel beobachtete Kleinlich, wie Mitzi, Klara und Berti den Aussichtsplatz verließen. Er hatte kein gutes Gefühl dabei. Nicht nur, weil die Mitzi ihm böse war, sondern auch, weil er genau wusste, dass sie wieder ihre Spürnase in die Ermittlungen stecken würde.

Die Wanzi-Oma hat immer gesagt: »Mitzi, steck deine neugierige Nase ned überall rein!«

Manchmal hätte die Mitzi doch auf die Oma hören sollen.

5.

Der Abtransport der Leiche verzögerte sich etwas, da ein Hubschrauber angefordert werden musste. Der Bauer bot zwar an, sie mit dem Traktor in der Mistschaufel runterzubringen, was der Doktor jedoch strikt ablehnte, da der Mann eine ziemliche Alkoholfahne hatte und die Leiche möglicherweise unterwegs verloren hätte. Kleinlich nutzte die Wartezeit, um dem Doktor die ersten Erkenntnisse aus der Nase zu ziehen.

»Können Sie mir schon was berichten? Und sagen Sie jetzt nicht, Genaueres nach der Obduktion. Die Phrase kommt in jedem billigen Krimi vor.«

»Sind wir heute noch a bissal schlechter gelaunt als sonst, Herr Chefinspektor?«, fragte der Doktor süffisant, der selbstverständlich über die Beziehung zwischen Kleinlich und Mitzi Bescheid wusste, so wie der Rest der Polizeiinspektion auch. Und natürlich hatte er, genauso wie die anderen Kollegen, das unliebsame Intermezzo zwischen den beiden mitbekommen. Aber er war eben auch keiner von Kleinlichs Untergebenen und durfte ihn somit ohne Konsequenzen ein wenig ärgern.

Der Chefinspektor reagierte nur mit einem zornigen Schnauben.

»Also gut, die Tote hat eine frische Kratzspur an der linken Wange. Ob sie sich selber gekratzt hat, muss ich in der Pathologie untersuchen. Außerdem hat sie ein Hämatom auf dem Brustkorb. Mein Fazit – sie wurde definitiv vom Turm gestoßen. Ob das aber jetzt ein Unfall war oder Mord, das müssen Sie herausfinden.«

»Da der Täter keine Erste Hilfe geleistet hat, ist es zumindest Totschlag.«

»Oder die Täterin«, sagte Neuer, der unbemerkt neben Kleinlich aufgetaucht war. »Sie wissen, dass heutzutage sehr viel Wert auf eine gendergerechte Sprache gelegt wird, auch wenn das für Ihre Generation noch ein bisschen gewöhnungsbedürftig ist.«

Kleinlich war sprachlos. Ein Zustand, den er bis jetzt nur bei der Mitzi kennengelernt hatte. Dass sein Assistent das auch schaffte, ärgerte den Chefinspektor gewaltig. Er hatte in seinem Leben, privat, aber vor allem beruflich, so viel Unmenschliches gesehen. Gewalt, Hass, Verleumdung. War es da verwunderlich oder sogar verwerflich, wenn ihm da seine Hoffnung auf eine bessere Welt abhandengekommen war? Wenn er misstrauisch und teilweise auch ein wenig voreingenommen geworden war? Wenn er Probleme mit der Alle-Menschen-sind-gleich-Bewegung hatte? Und dann kam so ein Jungspund und hielt ihn für antiquiert. Der wird schon noch erleben, wie böse die Menschen sein können. Obwohl, in letzter Zeit blitzte hin und wieder dieser vergessen geglaubte Hoffnungsfunke in ihm auf. Zum Beispiel immer dann, wenn die Mitzi in seiner Nähe war. Natürlich hatte auch die ihre Ecken und Kanten, also charakterlich, weil körperlich war die Mitzi alles andere als eckig und kantig. Krampfhaft suchte er nach einer Entgegnung, die eines Vorgesetzten würdig war. »Vielleicht war es aber auch ›das Täter*in‹«, sagte er mit scharfer Stimme, wobei er die Gänsefüßchen in die Luft malte und das Sternchen extra betonte. »Und

›der‹ Herr Neuer begibt sich jetzt auf schnellstem Weg ins Büro und schreibt den Bericht.«

Fabian Neuer öffnete noch den Mund, um zu antworten, doch der Blick des Chefinspektors sagte ihm, das besser bleiben zu lassen. Fabian war vielleicht ein Klugscheißer, aber blöd war er nicht. Während er zurück zu seinem Auto stapfte, hörte er den Hubschrauber kommen.

Eine Stunde später kamen Kleinlich und Baumüller zurück in die Polizeiinspektion im Schloss Lamberg, wo Neuer schon eifrig beim Schreibtisch saß. Beim Eintritt seines Chefs sprang er auf, um ihm sofort Bericht zu erstatten. »Herr Kleinlich, ich hab schon den Namen der Toten. Sie heißt Daniela Rauscher und wohnt noch bei ihren Eltern in Garsten. Garsten ist gleich …«

»Ich weiß, wo Garsten ist, Neuer«, sagte Kleinlich. »Kommen Sie, wir fahren gleich hin. Den Rest können Sie mir unterwegs berichten.«

Auf der kurzen Fahrt vom Polizeiposten zum Haus der Familie Rauscher erzählte Neuer dem Chefinspektor alles, was er bis jetzt über Daniela Rauscher herausgefunden hatte.

»Sie ist – war 23 Jahre alt, hier in Steyr geboren und aufgewachsen, genaugenommen in der Sankt-Berthold-Allee in Garsten, aber das ist ja eh fast schon Steyr. Sie war als Verkäuferin in einer Boutique am Stadtplatz angestellt und hatte dort auch schon ihre Lehre gemacht. Einer der Kollegen hat mir gesagt, dass er sie gekannt hat, vom Schuhplatteln. Er war früher bei einer Gruppe, die sich die *Lederhosenklatscher* nennt, aber wie er dann zur Polizei gegangen ist, hat das mit den Dienstzeiten nicht mehr zusammengepasst, weil die Auftritte meistens am Wochenende waren und auch immer ziemlich feuchtfröhlich geendet haben. Außerdem hat er sich mit dem Chef von dieser Schuhplattlergruppe nicht verstanden, weil …«

Wieder unterbrach Kleinlich seinen Assistenten. »Neuer, die Animositäten vom Kollegen Sowieso interessieren mich nicht einmal peripher! Was hat die Tote mit diesen *Lederhosenhupfern* zu tun?«

»*Lederhosenklatscher* heißen die, und die Daniela Rauscher war die Chefin einer Damenplattlergruppe, den *Dirndlschupfern*«, sagte Neuer etwas beleidigt. »Und wenn Sie mich nicht immer unterbrechen würden, hätte ich Ihnen gleich erzählt, dass sie eine, wie der Kollege sagte, ziemliche Bissgurn war. Nicht meine Worte, sondern die des Kollegen. Anscheinend hat es öfter Zwistigkeiten zwischen den beiden Gruppen und vor allem zwischen den Chefitäten gegeben.« Fabian schaute vorwurfsvoll zum Chefinspektor. »Die waren wohl beide etwas autoritär im Umgang mit den Untergebenen.«

»Wenn Ihnen mein Führungsstil nicht passt, können Sie gerne um Ihre Versetzung ansuchen …«, entgegnete Kleinlich, was ihm sogleich leidtat, denn eigentlich leistete Neuer sehr gute Arbeit. Also versuchte er, seine Aussage etwas zu revidieren, »… was aber schade wäre für unsere Abteilung. Sie machen Ihren Job nicht schlecht.« Das musste, für Kleinlichs Empfinden, als Entschuldigung reichen. »Außerdem müssen Sie jetzt da links reinfahren. Wir sind da.« Damit war das Thema für ihn erledigt, und auch Fabian hakte die Sache ab. In den wenigen Monaten, seit er Kleinlichs Assistent war, hatte er auch schon einige Male die menschliche Seite des Chefinspektors gesehen, und als Ermittler war er sowieso ein Vorbild für ihn.

Fabian parkte das Auto vor dem großen Mehrfamilienhaus und ignorierte dabei das Firmenparkplatzschild.

»Ich weiß nicht, ob die Eltern um diese Zeit zu Hause sind«, meinte er und klingelte bei Rauscher. »Sie sind beide noch berufstätig.« Seine Vermutung sollte sich bestätigen. Niemand öffnete.

»Wissen Sie, wo die Eltern arbeiten?«, fragte Kleinlich und blickte die Fassade hoch. Dort öffnete sich zeitgleich ein Fenster.

»Sie, da können S' aber ned mit dem Auto stehen bleiben«, rief eine heisere Stimme heraus, und der, mit bunten Lockenwicklern gekrönte Kopf einer alten Dame erschien.

Kleinlich hob die Hand an die Stirn, um das Sonnenlicht abzuschirmen. »Ich denke schon, dass wir das können. Wir sind nämlich von der Polizei. Und wer sind Sie?«

»Ich bin die Frau Haselberger. Was wollen S' denn bei uns im Haus? Habn die Ausländer wieder was angestellt?«

»Wir wollen zur Familie Rauscher, aber da macht niemand auf.«

Frau Haselberger beugte sich noch etwas weiter aus dem Fenster. »Zu die Rauschers? Die sind dort, wo alle rechtschaffenden Menschen um diese Zeit sind: in der Arbeit.« Sie deutete nach hinten in den Hof. »Dort, im Büro von der *Kurios-Versicherung*. Was wollen S' von denen?«

Kleinlich ignorierte die Frage, winkte der Frau nur zu und ging mit Neuer zum Eingang des Versicherungsbüros. Der war klein, unscheinbar und verschlossen.

Es gab nur ein Schild neben der Tür mit der Aufschrift »Kurios-Versicherung – wir versichern Ihre Werte«. Darunter stand noch eine Telefonnummer, die Neuer in sein Handy tippte, der Anruf blieb jedoch unbeantwortet. Schließlich klopfte Neuer an die Tür, worauf das Fenster daneben geöffnet wurde, und ein etwa 50-jähriger Mann mit zerrupften Haaren und offenem Hemd herausschaute. Beim Anblick der beiden Männer schloss er das Fenster sofort wieder und rief laut: »Moment, ich mach Ihnen gleich die Tür auf!«

Der Moment dauerte dann doch etwas länger, und als die Tür aufging, stand der Mann frisiert und ordentlich angezogen vor den Polizeibeamten.

»Grüß Gott, Manfred Rauscher, *Kurios-Versicherung*. Wie kann ich Ihnen helfen? Haben wir einen Termin?«

»Herr Rauscher, ich bin Chefinspektor Kleinlich, und das ist mein Kollege Neuer. Wir müssten mit Ihnen und Ihrer Frau sprechen.« Aus den Augenwinkeln sah Kleinlich einen bunten Kopf mit zwei neugierigen Augen um die Ecke blinzeln. »Können wir in Ihr Büro gehen?« Auch Rauscher hatte Frau Haselberger erblickt und ließ die beiden Männer schnell eintreten. »Meine Frau ist leider gerade nicht hier. Um was geht es denn bitte?«

Kleinlich holte tief Luft. Obwohl er schon so lange bei der Abteilung Leib und Leben war, fiel es ihm immer noch schwer, die richtigen Worte für die Überbringungen einer Todesnachricht zu finden. »Also, es geht um Ihre Tochter Daniela. Sie wurde heute Vormittag tot beim Aussichtsturm am Damberg gefunden, und wir können Fremdverschulden nicht ausschließen.«

Manfred Rauscher schaute den Chefinspektor ungläubig an. »Was heißt tot? Fremdverschulden? Ich verstehe nicht …« Er ließ sich in den großen Ohrensessel neben der Tür fallen, der wahrscheinlich als Wartebereich für die Kunden gedacht war.

Die Tür wurde aufgerissen, und eine Frau stürzte aufgeregt herein. »Schatzi, was ist passiert? Die Haselberger hat gesagt, die Polizei hat nach uns gefragt.« Sie ging zu ihrem Mann und nahm seine Hand. »Meine Güte, du bist ja ganz blass! Ist jemand gestorben?« Es dauert circa drei Sekunden, bis Rosemarie Rauscher begriff, dass ihre Frage nicht so witzig war, wie sie es beabsichtigt hatte.

Da Manfred Rauscher noch immer unfähig war zu sprechen, übernahm der Chefinspektor wieder das Wort und wiederholte für Rosemarie die Todesnachricht ihrer Tochter, während Neuer sich bereitstellte, um sie aufzufangen, falls der Schock über diese Nachricht zu groß war für Rosemarie. Doch erstaunlicherweise blieb diese völlig ruhig.

»Was genau ist passiert?«

Die Unaufgeregtheit von Rosemarie verwirrte Kleinlich etwas. Normalerweise waren es die Mütter, die zusammenbrachen. Aber bei den Rauschers war es Rosemarie, die ihren Mann tröstend umarmte, während dieser inzwischen von einem Weinkrampf geschüttelt wurde.

Als hätte Rosemarie die Verwirrung Kleinlichs bemerkt, meinte sie: »Sie müssen nicht denken, dass mir der Tod von Daniela nicht nahegeht, aber ich bin nicht ihre leibliche Mutter. Ich bin Manfreds zweite Ehefrau. Daniela war meine Stieftochter, und sie hat mich als Frau ihres Vaters akzeptiert. Mehr nicht.«

Kleinlich nickte und ging nicht weiter darauf ein, weil er noch nicht wusste, ob das für die Aufklärung des Falls von Bedeutung sein würde. Er berichtete von der Auffindung Danielas und dass es eben Hinweise gab, dass sie nicht alleine auf der Dambergwarte gewesen war. Wer diese andere Person war und inwieweit sie für den Tod von Daniela verantwortlich war, musste erst geklärt werden.

»Können Sie mir mehr über Daniela erzählen?«, fragte Kleinlich Rosemarie. Von ihrem Mann erhoffte er sich wenig Informationen, da dieser immer noch schluchzend in den Armen seiner Frau lag.

»Wäre es möglich, dass wir in unsere Wohnung rübergehen? Ich glaube, mein Mann muss sich hinlegen.« Rosemarie versuchte, Manfred aus dem Sessel zu ziehen, doch seine Trauer hatte in schwer wie Blei gemacht. Neuer packte ihn am anderen Arm, und gemeinsam mit Rosemarie schleppte er den sichtlich gebrochenen Mann in den ersten Stock des angrenzenden Wohnhauses. Seine Frau legte ihn auf das Sofa im Wohnzimmer, zog ihm die Schuhe aus und deckte ihn zu. Er ließ alles widerstandslos über sich ergehen. Sein Schluchzen hatte aufgehört, und er war in eine fast katatonische Starre verfallen.

Kleinlich schaute den hilflosen Mann an, dessen Blick durch den Chefinspektor hindurch ins Leere ging. »Sollen wir einen Arzt holen?«

»Nein.« Rosemarie schüttelte den Kopf. »Mein Mann ist sehr zart besaitet. Aufregungen jeder Art verursachen bei ihm Panik, und er verschwindet dann in sich selbst, um dem Problem aus dem Weg zu gehen.« In Rosemaries Stimme klangen Abwertung und Geringschätzung für ihren Mann mit, die der liebevollen Fürsorge widersprach, was Kleinlich sehr wohl wahrnahm.

Er folgte Rosemarie und Neuer, die in die Küche gegangen waren.

»Also, Frau Rauscher, was können Sie uns über Daniela erzählen?«, wiederholte Kleinlich seine Frage. »Hatte sie einen Partner? Wer waren ihre Freunde? Oder hatte sie auch Feinde?«

Rosemarie setzte sich an den Küchentisch und deutete den Beamten, sich auch zu setzen. Neuer nahm auf der Eckbank Platz, Kleinlich blieb stehen und lehnte sich an die Spüle.

»Tja, die Daniela war kein einfacher Mensch.« Rosemarie seufzte. »Ihre Mutter ist bei der Geburt gestorben, und der Manfred war dann die ersten zehn Jahre alleine mit ihr. Seine Eltern wohnen in Bielefeld und konnten ihm bei der Betreuung von Daniela kaum helfen. Sie war zwar ein paar Mal in den Ferien bei den Großeltern, aber irgendwie hat das nicht funktioniert. Daniela hat sich dort nicht wohlgefühlt. Hat sie zumindest behauptet. Am Anfang unserer Beziehung waren Manfred und ich zu Besuch bei seinen Eltern, und da hat mir seine Mutter erzählt, dass sie froh darüber waren, als Daniela nicht mehr kam. Es gab anscheinend immer wieder Probleme mit den Nachbarskindern. Daniela hat ihnen Streiche gespielt, die, wenn sie älter gewesen wäre, eher unter das Jugendstrafrecht gefallen wären. Manfred hat seinen Eltern natürlich nicht geglaubt und Daniela noch mehr verwöhnt, als sie es sowieso schon war.« Rosemarie stand auf und schaltete die Kaffeemaschine ein. »Ehrlich gesagt, weiß ich nicht, wieso Daniela mich so relativ problemlos akzeptiert hat. Vielleicht, weil der Manfred mir auch Aufmerksamkeit schenkte, und sie nicht mehr so behütet und bewacht von ihm wurde.« Die Kaffeemaschine war betriebsbereit, und Rosemarie nahm eine Tasse aus dem Schrank. »Wollen Sie auch einen Kaffee?«

Kleinlich und Neuer schüttelten den Kopf. Dieses Gespräch brauchte keine gemütliche Atmosphäre, Frau Rauscher war auch so sehr auskunftsfreudig.

»Was ich damit sagen will, die Daniela war ein verwöhntes Einzelkind und gewohnt, immer alles zu bekommen, was sie wollte. Sie hat sich die Menschen gekauft. Zuerst mit dem Geld von Manfred und dann mit dem Erbe ihres Großvaters, der ihr trotz aller Unstimmigkeiten die Hälfte seines Vermögens vermacht hat. Und das war nicht wenig. Ich glaub, nur die Lena war ihre einzige richtige Freundin.«

Neuer, der eifrig mitnotierte, fragte nach: »Wie heißt diese Lena noch?«

»Lena Steiner. Daniela und sie waren schon im Kindergarten zusammen, und Lena ist auch die Vizechefin von der Schuhplattlergruppe. In diese Gruppe hat Daniela fast ihre ganze Freizeit gesteckt. Sie war eine Gruppenchefin mit Zuckerbrot und Peitsche.« Rosemarie verzog den Mund zu einem ironischen Grinsen. »Sie hat die anderen Mädls angetrieben und beleidigt. Wenn dann eine drohte auszusteigen, gab es ein tolles Geschenk und Party auf Danielas Kosten.«

»Gab es auch einen Mann in Danielas Leben?«

Rosemarie überlegte kurz. »Nicht, dass ich wüsste. Zumindest hat sie nie einen nach Hause gebracht, und erzählt hat sie uns schon lange nichts mehr.« Sie blickte dem Chefinspektor fest in die Augen. »Die Daniela mag kein besonders guter Mensch gewesen sein, aber dieses Ende hat sie sich nicht verdient.«

Kleinlich nickte und deutete Neuer zum Aufbruch. Beim Hinausgehen schaute er noch einmal ins Wohnzimmer, wo Manfred Rauscher noch immer regungslos und mit starren Augen auf dem Sofa lag. Ja, dachte Kleinlich, dieses Ende hat sich wirklich kein Mensch verdient.

Die Wanzi-Oma hat immer gesagt: »Es ist egal, ob du ein Manderl oder ein Weiberl bist. Ein Mensch musst du sein, Mitzi! Ein Mensch!«

Manchmal war die Wanzi-Oma sogar ein bisschen philosophisch gewesen.

6.

Während Kleinlich und Neuer ihre Ermittlungsarbeit aufgenommen hatten, waren Mitzi, Klara und Berti nach Hause gefahren. Mitzi hatte sofort eine Jause hergerichtet, weil essen noch immer das beste Mittel gegen schlechte Gefühle war, wofür sie selbst der beste Beweis war. Durch die schwiegermütterliche Fürsorge kam langsam wieder Leben und Farbe in Klaras Gesicht. Vielleicht aber auch durch die zwei Stamperln Zirbenschnaps, zu denen Mitzi ihre Schwiegertochter nötigte.

»So, und jetzt erzählst mir noch amal genau, was bei dem Vortanzen passiert is«, sagte Mitzi und stellte noch ein Glaserl Schnaps vor Klara, was ihr einen vorwurfsvollen Blick von Berti einbrachte, den sie jedoch ignorierte.

Klara holte tief Luft. »Also, deine Freundin, die Karin, hat mir von dem Schuhplattler-Casting erzählt und hat gemeint, das wäre was für mich, weil ich doch bei uns zu Hause auf der Hallig auch schon Volkstänze gemacht habe. Dem Berti und dir wollte ich davon nichts erzählen. Es sollte eine Überraschung werden. Aber dann beim Vortanzen war diese Daniela so böse. Ein paar der Mädchen hat sie schon vorher weggeschickt, weil sie ihr zu dick waren, und einige zu patschert ...«, sie blickte fragend zu Mitzi, »... was heißt das eigentlich?«

»Patschert? Ja mei, des is, wenn jemand ned so gelenkig is und sich a bissal schwer tut mit der Bewegung. So wie ich halt.«

»Aber geh, Mama«, warf Berti ein, »du bist doch flink wie ein Wiesel. Mit deiner Energie können zwei 20-Jährige ned mithalten.«

Liebevoll tätschelte Mitzi Bertis Hand. »Des is lieb von dir, Bub. Aber dein Vater hat immer g'sagt, ich würd' mich bewegen wie a Gazelle, oder wie heißt des Viech mit dem Rüssel?«

»Der Papa war ein Depp!«, rief Berti ärgerlich. »Und es ist gut, dass er ...«

Mitzi hob drohend den Zeigefinger. »Tu di ned versündigen, Bub! Dei Vater war vielleicht ned der beste Mensch, aber vorm Herrgott san mir alle gleich. Der macht keinen Unterschied, wer zu ihm in den Himmel rauf kommt. Und was für a Mensch du da herunten bist, entscheidest du selbst. Natürlich is es leichter, wenn du jemanden anderen verantwortlich machst, wenn dei Lebn ned gut läuft, aber der leichte Weg is ned immer da richtige.«

»Du redest schon wie die Wanzi-Oma«, schnaubte Berti und verschränkte die Arme vor der Brust, zum Zeichen, dass er mit der Aussage seiner Mutter nicht einverstanden war. »Das heißt dann also, dass du selber schuld warst, weil der Papa dich nicht gut behandelt hat?«

»Nein, das heißt, dass i selber entschieden hab, bei ihm zu bleiben. Obs richtig war ...«, sie zuckte mit den Schultern und schaute nachdenklich auf die Schnapsflasche, die seit Adis Tod nur mehr selten nachgefüllt wurde, »... das weiß i ned, und es bringt auch nix, wenn i mir den Kopf darüber zerbrech, weil's an der Vergangenheit nix ändert. Des Einzige, was für mi zählt, is, dass mei Lebn, so wie's jetzt is, passt. I hab a schönes Zuhause, mach a Arbeit, die ma Spaß macht, und hab die Klara und di hier bei mir. Und dann is ja da noch …« Mitzi wurde rot und hielt sich schnell die Hand vor den Mund.

»Du kannst es ruhig sagen«, meinte Klara und legte ihren Arm um die Mitzi. »Wir haben doch schon bemerkt, dass der Herr Chefinspektor Kleinlich nicht nur wegen der guten Jause zu unserem Heurigen kommt.«

Mitzi, noch immer rot bis an die Ohren, winkte energisch ab. »Des is jetzt ned des Thema! Erzähl endlich weiter.«

Klara, die inzwischen auch den dritten Zirbenschnaps zur Brust genommen hatte, grinste verschmitzt. Ob wegen dem Schnaps oder wegen der peinlich erröteten Schwiegermutter, konnte Mitzi nicht sagen, aber sie war erleichtert, dass die Kinder ihre Beziehung zu Kleinlich so gut aufnahmen, weil auch der Berti über das ganze Gesicht grinste und seiner Mutter frech zuzwinkerte. Damit war dieses Thema abgehakt, und Klara erzählte weiter.

»Am Schluss waren wir nur mehr zu zweit, ich und die Renate, und zu der war die Daniela besonders gemein, obwohl die richtig gut war. Viel besser als ich. Die Daniela wollte trotzdem mich nehmen, aber da wollte ich nicht mehr und bin dann gemeinsam mit der Renate rausgegangen. Die ist wirklich eine ganz Nette, aber ich glaube, die Absage von der Daniela hat ihr schon sehr wehgetan, auch wenn sie es nicht zugegeben hat.« Klara schielte zum Schnaps, aber Berti stellte die Flasche demonstrativ zurück in den Kasten. Der Alkohol hatte in seiner Familie schon genug Schaden angerichtet.

»Ich bin dann noch einmal reingegangen, weil ich meine Jacke in der Umkleidekabine vergessen hatte. Die meisten der Mädchen waren schon weg, nur Daniela war noch da und eine andere. Ich glaube, die hieß Lena. Die beiden haben gestritten. Ich konnte nicht alles verstehen, aber es ging um Lenas Freund, einen gewissen Florian. Die Daniela hat da irgendwas angedeutet, dass der nicht treu ist.«

»Weißt du zufällig, wie die Lena noch g'heißen hat?«, fragte Mitzi. Klara schüttelte nur den Kopf. Der Schnaps und die ganze Aufregung zeigten ihre Wirkung. Sie war plötzlich müde und wollte nur mehr ins Bett. Beim Aufstehen schwankte sie etwas. »Ups …«, kicherte sie und hielt sich an Berti fest. Der packte seine Frau fest, aber liebevoll am Arm und brachte sie ins Schlafzimmer.

Als er zurück in die Küche kam, saß Mitzi noch immer beim Tisch und drehte gedankenverloren das leere Schnapsglas in den Händen.

»Mama, bitte misch dich nicht schon wieder ein! Die Polizei kümmert sich um die Mördersuche und wird ihn auch ohne dich finden. Du weißt, was beim letzten Mal passiert ist, und dass du einen Riesendusel g'habt hast. Ich möcht nicht zum Vollwaisen werden!«

Mitzi stand auf und fing an, den Tisch abzuräumen. »Ach, weißt Bub, i hab in meinem Lebn immer nur g'macht, was de andern mir g'sagt habn, und damit bin i ned glücklich worn. Dei Vater hat in seinem Lebn immer nur des g'macht, was er wollt, aber glücklich war es deswegen a ned. Jetzt mach i des, von dem i denk, dass es richtig is und keinem andern wehtut, und des macht mi glücklich. So soll's bleibn bis an mei End, egal wann und wie des kommt.«

Berti verdrehte genervt die Augen. »Is der Spruch auch von der Wanzi-Oma?«

»Nein, den kriegst exklusiv von mir.« Mitzi nahm ihren Sohn in die Arme, der sich dort etwas unwohl fühlte. Große Gefühlsausbrüche waren in seiner Familie nicht an der Tagesordnung. Der Mitzi war des wurscht. Ihr Leben hatte sich in den letzten Monaten sehr geändert und die robuste Bäuerin weicher gemacht, was nicht zuletzt auch an den noch etwas zaghaften Flugversuchen der Schmetterlinge in ihrem Bauch lag. Auch wenn der Tod von Adi kein großer Verlust für Mitzi gewesen war, so hatte sie dadurch doch erkannt, wie wichtig die Liebe für ihr Leben war. Auch die Liebe zu ihren Kindern. Noch einmal wollte sie ihren Sohn nicht verlieren. Genauso wie sie nie wieder zulassen würde, dass ein anderer Mensch darüber bestimmte, was sie zu tun und zu lassen oder wie sie zu sein hatte. Der liebe Gott hatte ihr eine Leiche vor die Füße gelegt, und für Mitzi war das ein Zeichen, dass sie dem Willi helfen musste.

Die Wanzi-Oma hat immer gesagt: »Lass dich ned unterkriegen, Mitzi! Auch ein blondes Huhn findet irgendwann ein gutes Körnderl!«

Dass die Mitzi sich irgendwann die Haare gefärbt hat, hat das Finden auch nicht beschleunigt.

7.

Der Willi wusste von seinem Glück noch nichts, ahnte aber Schlimmes. Schon bei seiner letzten Mördersuche hatte die Mitzi den Chefinspektor tatkräftig unterstützt, wenn auch gegen seinen Willen. Dass die beiden sich dabei nähergekommen waren, würde die Mitzi nicht daran hindern, es dieses Mal wieder zu tun, auch wenn Kleinlich schon ein Stoßgebet an den lieben Gott geschickt hatte, was aber aufgrund seines bekennenden Atheismus wahrscheinlich ungehört blieb. Also warum dann nicht gleich in den sauren Apfel beißen? Darum hatte er entschieden, nach dem Besuch bei Daniela Rauschers Eltern auf den Eisenhuberischen Hof zu fahren, um die Aussagen von Klara und Mitzi aufzunehmen.

Während der Fahrt versuchte er, das mulmige Gefühl in seinem Bauch zu ignorieren, und hoffte, dass die Mitzi nicht mehr böse auf ihn war. Normalerweise legte er wenig Wert auf die Gefühle anderer Menschen, aber diese Frau hatte seine verloren geglaubte Empathie wieder geweckt, und der Gedanke, dass Mitzi noch immer eingeschnappt war, behagte ihm überhaupt nicht. Er konnte sich nur schwer auf das Gespräch mit Neuer konzentrieren, der schon die ersten Mutmaßungen anstellte. »Auf jeden Fall müssen wir uns diese Lena Steiner als Nächstes vornehmen. Die kann uns sicher mehr über die Tote erzählen. Und diese Männerschuhplattler sollten wir auch befragen.« Er blickte fragend zum Chefinspektor. »Sollen wir die auf die Inspektion beordern? Das könnte der Kollege Münzer machen, der kennt die alle.«

Kleinlich nickte nur, und Neuer rief auf der PI an, um die Zeugenvorladung zu veranlassen. »Der Münzer kümmert sich darum, aber er meint, dass die alle morgen schwer zu befragen sein werden, weil sie heute eine Probe für den Plattlerwettbewerb beim Stadtfest haben. Das hat ihm ein ehemaliger Vereinskollege erzählt, den er in der Früh zufällig getroffen hat. Und nach solchen Vereinstreffen sind die am nächsten Tag lauter Alkoholleichen.«

»Dann passen sie ja perfekt zu unserer Abteilung«, meinte Kleinlich süffisant. Mit dieser Bemerkung wollte er nur das immer stärker werdende Bauchgrummeln überspielen. Es war nicht seine Art, sich über Menschen lustig zu machen, schon gar nicht, wenn er beruflich mit ihnen zu tun hatte. Aber sie fuhren gerade die kurze Zufahrt zu Mitzis Hof hinauf, was ihn wieder einmal in diesen aufregenden und zugleich verwirrenden Zustand versetzte.

Neuer parkte das Polizeiauto im Innenhof. Beim Aussteigen blieb es ungewöhnlich still. Normalerweise kam Mitzi immer gleich aus dem Haus gelaufen, wenn Besuch eintraf, und auch Berti und Klara wuselten ständig im und um den großen Vierkanter herum.

Die beiden Beamten gingen zur kleinen Eingangstür, die direkt in die Küche führte. Kleinlich wusste, dass der große Haupteingang an der Vorderseite des Bauernhofs seit Adis Tod verschlossen war. Während Mitzis Ehemann noch lebte, war er immer offen gewesen, und Adis trinkfreudige Kumpels waren zu jeder Tages- und Nachtzeit einfach ins Haus gekommen. Verlassen hatten sie es meistens erst Stunden oder manchmal auch Tage später durch die Hintertür neben dem Kuhstall. Dort verliefen die promillegeeigneten Schleichwege, auf denen sie keine Polizeikontrolle fürchten mussten.

Auch in der Küche war es still und wie immer blitzblank. Neuer wollte gerade nach Mitzi rufen, als Kleinlich einen lauten Schrei von draußen hörte, und beim Rauslaufen noch einen zweiten. Im Innenhof blieb er jedoch abrupt stehen, was Neuer dazu brachte, auf ihn aufzulaufen. Kleinlich stolperte nach vorne und landete unsanft in einem großen Blumentopf mit frisch gepflanzten Narzissen und Krokussen.

»Mei, Willi, was machst denn schon wieder?«, rief Mitzi, und half dem Chefinspektor auf die Füße. Der zog seinen hochroten Kopf tief zwischen seine Schultern und versuchte, die frische Blumenerde von seiner Hose zu wischen.

»Ned wischn, Willi«, schimpfte Mitzi, »damit verschmierst du den Dreck nur. Des müss ma trocknen und ausbürsten.«

Kleinlich erhob sich wieder zu seiner vollen Größe, womit er Mitzi um fast zwei Köpfe überragte. Er wollte gerade Mitzis Angebot für seine Hosenreinigung ablehnen, doch die Worte blieben ihm im Hals stecken, obwohl sein Mund weit offen stand. Mitzi hatte ihn ja schon einige Male mit ihrem ungewöhnlichen Kleidungsstil erstaunt, manchmal sogar erschreckt, aber was da jetzt vor ihm stand, erinnerte ihn an einen schlechten Film aus seiner Jugend, in dem die Fantasie der Kostümdesigner bei der Interpretation eines Karl-May-Romans etwas über das Ziel hinausgeschossen war. Mitzi trug einen langen, roten wallenden Batikkaftan, bedruckt mit einer großen goldenen Sonne, die quer über Mitzis Busen leuchtete. Kleinlich war, im wahrsten Sinne des Wortes, geblendet von ihrer Erscheinung, und auch Neuer starrte mit großen Augen auf die dralle Bäuerin, die jeder Sonnengöttin Konkurrenz gemacht hätte.

Mitzis Stimme holte die beiden in die Realität zurück. »Seid's ihr wegen der Aussage von der Klara kommen? Die schlaft gerade. Die ganze G'schicht war doch a bissal viel für sie.«

Kleinlich schüttelte sich kurz. »Ja, das sind wir, aber dann haben wir die Schreie gehört. Was ist denn passiert?«

»Was soll denn passiert sein? Ach so …«, Mitzi fing zu lachen an, »… des war i. I probier da eine neue Urschrei-Therapie aus. Die soll gegen ang'staute Wut und Aggressionen helfn. Solltest du auch a mal probiern, Willi.« Sie boxte den Chefinspektor leicht in die Seite und grinste dabei schelmisch.

»Ja, davon habe ich auch schon gehört«, meldete sich Neuer zu Wort. »Die Urschreitherapie basiert auf der Annahme, dass frühkindliche schmerzhafte und traumatische psychobiologische Erfahrungen und Erlebnisse die gesamte Entwicklung und das spätere Leben von Menschen nachhaltig negativ beeinflussen, und dass durch Wiedererleben dieser Erfahrungen und Erlebnisse ihre negativen Auswirkungen gemildert und verringert werden können. Das Schreien soll dann den psychischen Druck mindern und die negativen Gefühle freilassen. Diese Methode ist wissenschaftlich aber nicht anerkannt, Mitzi.«

»Des mag schon sein, Bub«, antwortete Mitzi, »aber grad du solltest am besten wissn, was so Erlebnisse aus der Kindheit mit einem anstelln.« Neuer spürte einen Kloß im Hals. Bei seinem ersten Einsatz als Kleinlichs Assistent waren Mitzi und er in einer Höhle gefangen gewesen. Eigentlich hätte er die Mitzi retten sollen, aber am Ende hatte sie ihn gerettet. Nicht nur aus der misslichen Lage, sondern auch vor den Gespenstern aus seiner Kindheit. Zum Dank dafür durfte sie ihn ungestraft Bub nennen.

»Wenn wir fertig sind mit Klugscheißern und Psychologisieren, können wir dann vielleicht mit unserer Arbeit weitermachen?«, mischte sich Kleinlich verärgert ein.

»Geh, Willi, du wirst doch ned auf den Bub eifersüchtig sein? Jetzt kommt's erst amal rein, und trinkt's an Kaffee und dazu gibt's an frischen Striezel mit Rosinen. Den magst du doch so gern, Willi.« Ohne eine Antwort abzuwarten, ging Mitzi in die Küche und fing an, den Tisch zu decken.

Kleinlich und Neuer folgten ihr widerstandlos, weil sie wussten, dass Widerstand bei der Mitzi nichts brachte, und auch, weil der Mitzi ihr Rosinenstriezel der beste im ganzen Bezirk war.

Nachdem Mitzi den beiden jeweils ein großes Häferl mit heißem Kaffee und drei dicke Scheiben Striezel vor die Nase gestellt hatte, setzte sie sich neben Kleinlich und blickte ihn erwartungsvoll an. »Habt's schon was rausg'fundn über die Tote?«

Der Chefinspektor schlürfte vorsichtig von seinem Häferl, um einer Antwort auszuweichen. Neuer hingegen mampfte genüsslich mit vollen Backen, was ihn aber nicht daran hinderte, der Mitzi Auskunft über den aktuellen Ermittlungsstand zu geben. Schließlich ergab sich auch Kleinlich seinem Schicksal und übernahm die weitere Erzählung. Viel hatten sie ja eh noch nicht, außer dass Daniela Rauscher dominant und berechnend gewesen war. Als der Name Lena Steiner fiel, horchte Mitzi auf. »Von der hat die Klara a schon erzählt. Die hat gestern beim Vortanzn mit der Daniela g'strittn. Mir kommt der Name so bekannt vor.« Mitzi tippte sich nachdenklich mit dem Zeigefinger gegen die Lippen. »Kann des sein, dass die an Freund hat, der Florian heißt?« Kleinlich und Neuer nickten mit vollem Mund. Da fiel bei der Mitzi der Groschen, und sie nickte heftig mit dem Kopf, was auch ihren restlichen Körper und dadurch die Häferl auf dem Tisch in Schwingung brachte. »Ja, jetzt weiß i, woher i die kenn! Die is schon seit der Hauptschule mit dem Florian Trauner zamm. Der Florian is mit meinem Berti in die Schule g'angen, und da warn's öfter bei uns am Hof. Die zwei san ja zammpickt wie siamesische Zwillinge.«

»Der Berti und der Florian?«, fragte Neuer erstaunt.

»Na, der Florian und die Lena!«, antwortete Mitzi entrüstet. »Obwohl i manchmal den Eindruck g'habt hab, dass die Lena mehr am Florian pickt is als der Florian an ihr.«

Kleinlich trank seinen Kaffee aus. »Kannst du den Berti bitte holen? Vielleicht kann er uns mehr darüber erzählen.«

»Ah, du meinst, dass da vielleicht Eifersucht im Spiel war, weil die zwei Madln wegn dem Florian g'strittn habn?«, Mitzis Augen fingen neugierig zu glänzen an.

Kleinlich seufzte. Warum hatte er sich wieder breitschlagen lassen und der Mitzi alles erzählt? »Mitzi, wir wissen noch viel zu wenig über diesen Fall und müssen einfach jede Information mitnehmen. Ist der Berti jetzt da oder nicht? Und mit der Klara müssten wir auch noch reden.«

»Na, der Berti is in den Baumarkt g'fahrn, und die Klara schlaft noch. Soll i sie aufweckn?«

Der Chefinspektor winkte ab. »Nein, das passt schon. Es wäre besser, wenn sie morgen auf die Polizeiinspektion kommt, und der Berti auch. Dort kann der Baumüller dann das Protokoll aufnehmen.« Er stand auf und zog Neuer mit hoch, der inzwischen angefangen hatte, die restlichen Striezelscheiben von Kleinlichs Teller zu futtern.

Beim Rausgehen drückte Mitzi jedem noch einen eingepackten Striezel in die Hand und Kleinlich ein Busserl auf die Wange. »Da, für eure Kollegn, aber nur der Striezel.« Sie grinste Kleinlich verschmitzt an und drohte ihm mit dem Zeigefinger, worauf dieser sich beim Einsteigen in das Auto den Kopf stieß und leise fluchte. Das glucksende Lachen von Neuer ignorierte er. Dann winkten sie der Mitzi noch einmal zu und fuhren vom Hof.

Neuer schaute fragend zu seinem Chef. »Und? Wohin jetzt?«

Der überlegte kurz. »Haben Sie die Adresse von Lena Steiner?«

»Nein, aber die kann mir der Baumüller schnell schicken.«

»Gut. Dort fahren wir jetzt noch hin und dann machen wir Schluss. Morgen wird es sicher anstrengend mit dieser Schuhplattlergruppe.« Kleinlich schloss die Augen und versuchte, sich etwas zu entspannen, was ihm nicht sonderlich gut gelang, da ihm immer wieder eine große goldene Sonne durch sein Hirn wanderte.

Sie hatten das Ende der Zufahrtsstraße noch nicht erreicht, als Kleinlich Neuer bat anzuhalten. »Planänderung. Ich geh noch einmal zurück und warte, bis Klara aufwacht und der Berti heimkommt. Das Gespräch mit Lena Steiner verschieben wir auf morgen.« Er stieg aus dem Auto. »Sie können heimfahren, Neuer.« Dann klopfte Kleinlich zum Abschied auf das Autodach und ging zurück zum Hof.

Neuer unterdrückte ein Grinsen und blickte dem Chefinspektor noch einen Moment nach. Tut ihm gut, das Wandern auf Amors Pfaden, dachte er.

Die Wanzi-Oma hat immer gesagt: »In jedem Mensch ist eine Sonne. Man muss sie nur zum Leuchten bringen!«

Manche Menschen haben aber so einen Riesenschatten im Hirn, dass sich die Sonne ziemlich schwer tut mit dem Scheinen.

8.

Am nächsten Morgen war Neuer punkt 8 Uhr auf der Polizeiinspektion. Von Kleinlich noch keine Spur.

»Hat sich der Chefinspektor schon bei dir gemeldet?«, fragte er den Kollegen Baumüller und legte Mitzis Striezelpakete auf dessen Schreibtisch.

Baumüller stellte sein Kaffeehäferl zur Seite und öffnete eines davon. »Mmmm, Rosinenstriezel vom Eisenhuberhof.« Er riss sich das Scherzerl ab, biss herzhaft zu und spülte mit Kaffee nach. »Ja, der Kleinlich hat gerade angerufen. Er ist schon unterwegs. Du sollst beim Auto auf ihn warten, damit ihr gleich zur Lena Steiner fahren könnt.«

Neuer schaute auf seine Uhr. »Ist die jetzt überhaupt zu Hause?«

»Fie ift Krankenfwester im LKH. Ich weif nicht, ob fie heute Dienpft hat«, antwortete Baumüller mit vollem Mund.

»Kannst du das bitte rausfinden? Ich geh inzwischen zum Auto. Nicht, dass der Kleinlich noch vor mir da ist.«

Baumüller nickte und streckte zustimmend den Daumen in die Höhe.

Als Neuer beim Dienstauto ankam, stand Kleinlich schon davor, machte aber keinerlei Anstalten, seinen Assistenten anzuschnauzen, weil er auf ihn warten musste. Im Gegenteil. Er lehnte sich an die Beifahrertür und hielt sein Gesicht in die frühlingswarme Morgensonne. »Guten Morgen, Neuer. Hatten Sie eine angenehme Nacht?«

»Ähm ... äh ... ja... schon ...«, stammelte Neuer und schaute verwirrt auf seinen Chef. Hatte der etwa gute Laune?

»Sehr schön, dann können wir jetzt los. Haben Sie die Adresse von Lena Steiner?«

Neuer schüttelte die Verwirrung weg. »Der Baumüller prüft gerade, ob sie heute Dienst im LKH hat.«

»Na, dann haben wir eh keinen Stress«, meinte Kleinlich und streckte weiter seine Nase in die frische Morgenluft. Sein Assistent stellte sich neben ihn, und gemeinsam schwiegen sie dem kommenden Tag entgegen.

Der entspannte Schweigemoment dauerte nicht lange. Neuers Handy läutete. Es war Baumüller. »Lena Steiner hat sich heute krankgemeldet. Sie sollte also zu Hause sein. Ich schick dir die Adresse durch.«

Kleinlich und Neuer saßen kaum im Auto, als Neuers Handy piepte. »Roosevelt-Straße. Das ist am Tabor.« Der Chefinspektor nickte nur mit dem Kopf, und sie fuhren los.

Lena Steiner wohnte in einem vor Kurzem fertiggestellten Neubaukomplex. Anonyme Wohnsilos mit einem Pseudospielplatz, mit Sichtschutz eingebunkerte Minigärten und -balkone in Handtuchgröße, und ein Zusammentreffen mit den Nachbarn konnte man vermeiden, wenn man mit dem Lift von der Tiefgarage bis vor die Wohnungstür fuhr. Barrierefreies Wohnen war eine Erleichterung für den Körper, ließ aber viele Seelen vereinsamen, da der gemütliche Tratsch im Hof oder im Stiegenhaus wegfiel.

Die Beamten mussten einige Zeit nach der richtigen Hausnummer suchen. Der Architekt des Wohnkomplexes musste ein Fan der griechischen Sage über den Minotaurus sein. Die Wege zwischen den einzelnen Wohnhäusern waren wie ein Labyrinth. Vielleicht auch ein Grund, warum sie keinen einzigen Bewohner antrafen. Wahrscheinlich hatten diese Angst, ihren Hauseingang nicht mehr zu finden. Schließlich landeten sie doch vor der Nummer 17e. Auf dem Klingeltableau waren zwölf Schilder, jedoch nur vier mit einem Namen darauf. Auf einem stand Steiner/Trauner. Neuer betätigte den Knopf, und kurz darauf kam ein »Ja, bitte« aus der Sprechanlage.

»Frau Steiner, hier ist die Polizei. Würden Sie uns bitte aufmachen?« Ein Summen ertönte, Neuer drückte die Tür auf und deutete nach oben. »Erster Stock. Sollen wir den Lift nehmen?«

Kleinlich gab keine Antwort, sondern ging zur Treppe und nach oben. Das Stiegenhaus war fast klinisch sauber. Die Wände weiß gestrichen, der Boden mit hellgrau marmorierten Fliesen ausgelegt. Es gab keine Blumentöpfe, keine Kinderwägen, keine Schuhe vor den Wohnungstüren. Im ersten Obergeschoss befanden sich vier weiße Wohnungstüren, von denen eine nur angelehnt war. Auf den Türen standen keine Namen, nur die jeweiligen Wohnungsnummern. Lena Steiner wohnte in Nummer sechs.

Kleinlich klopfte an die Tür. »Frau Steiner?« Sie hörten Schritte heranschlurfen, und eine junge Frau im Jogginganzug mit rot geweinten Augen öffnete.

»Kommen Sie bitte rein«, sagte Lena leise. Sie trat zur Seite, und ließ die beiden eintreten. »Die Schuhe können Sie ruhig anlassen, wir wollen eh einen anderen Boden im Vorraum legen.«

»Sie wissen also schon Bescheid?«, meinte Kleinlich mehr als Feststellung, denn als Frage.

Lena nickte. »Die Frau Rauscher hat mich gestern noch angerufen.« Sie ließ sich auf eine kleine Bank fallen, die normalerweise zum Schuheanziehen diente. »Ich kann es noch gar nicht glauben! Wir waren doch am Mittwoch noch zusammen. Mein Gott, wenn ich doch bloß nicht …« Sie hielt sich die Hand vor den Mund, und Tränen liefen über ihre Wangen.

Neuer wollte schon einhaken, was sie den bloß nicht …, aber Kleinlich schüttelte den Kopf. Er legte Lena seine Hand auf die Schulter. »Wollen wir uns nicht wo hinsetzen, wo es ein bisschen bequemer ist?«

Lena nickte und ging in die Küche. Es waren nur zwei Schritte, da die Wohnung die Ausmaße einer Schuhschachtel hatte. Die Küche war dementsprechend winzig und bot neben einem einzeiligen Küchenblock nur Platz für ein kleines Tischchen mit zwei Zwergenstühlen. Kleinlich setzte sich mit Lena an den Tisch. Neuer blieb stumm im Türrahmen stehen und wunderte sich über die plötzliche Fürsorge des Chefinspektors. Mitzi muss wirklich ein Wunder vollbracht haben an dem alten Grantler, dachte er, konzentrierte sich dann aber sofort wieder auf das Gespräch zwischen Kleinlich und Lena.

»Sie wissen also schon, dass Ihre Freundin Daniela Rauscher tot ist, und dass möglicherweise Fremdverschulden vorliegt?«

Wieder nickte Lena nur.

»Erzählen Sie uns doch bitte, was bei Ihrem letzten Treffen mit Daniela passiert ist.«

Es dauerte ein wenig, bis Lena sprechen konnte. »Wir hatten ein Vortanzen für unsere Schuhplattlergruppe, weil die Susi schwanger ist und nicht mehr mitmachen kann. Wenn ich gewusst hätte, was passiert, dann hätte ich …«

Wieder liefen Lena die Tränen über das Gesicht und sie schluchzte laut auf.

»Was hätten Sie dann, Frau Steiner?«, mischte sich nun Neuer in das Gespräch ein.

Lena holte tief Luft. »Dann hätte ich mich nicht mit der Dani gestritten. Oder zumindest gleich wieder versöhnt.«

Von Mitzi wussten Kleinlich und Neuer schon von dem Streit, und dass es vermutlich um Eifersucht wegen Lenas Freund Florian ging. Trotzdem fragte der Chefinspektor nach. »Worum ging es in dem Streit?«

Lenas Gesicht wurde für einen Augenblick hart. »Daniela hat behauptet, dass mein Freund, der Flori, mir nicht treu wäre. Aber ich glaube, sie wollte mich nur ärgern, weil ich ihr beim Vortanzen widersprochen habe.« Sie wischte sich mit dem Ärmel ihres Pullovers die Tränen aus dem Gesicht. »Der Florian würde mich nie betrügen«, sagte sie mit trotziger Stimme, doch in ihrem Blick bemerkte Kleinlich eine Unsicherheit.

»Ist ihr Freund zufällig da?«

»Nein, ich bin erst einmal allein hier eingezogen. Der Flori studiert noch in Graz, aber wenn er dann fertig ist, werden wir zusammen hier wohnen. Und nächstes Jahr wollen wir heiraten.« Wieder flackerte Unsicherheit in ihren Augen. Kleinlich wechselte das Thema.

»Ist Ihnen sonst noch irgendetwas an Daniela aufgefallen? War sie anders? Nervös? Oder hatte sie vor jemandem Angst?«

»Die Dani? Angst vor jemandem? Bestimmt nicht. Da gibt es schon eher Menschen, die Angst vor der Dani hatten.«

»Wer zum Beispiel?«

»Sie hat da über so eine Dating-Plattform einen Typen kennengelernt, der sie beim ersten Treffen versetzt hat. Der hat Grund, sich zu fürchten.« Lena stockte. »Also, hatte. Weil jetzt wird er sie nicht mehr treffen können.«

»Kennen Sie den Namen dieses Mannes? Und auf welcher Plattform das war?«

»Nein, die melden sich dort alle ja mit so komischen Spitznamen an. Ich glaub seiner ist *Witcher123*.« Lena zuckte mit den Schultern. »Mehr weiß ich nicht.«

Kleinlich stand etwas schwerfällig von dem kleinen Stuhl auf. »Gut, das war es dann fürs Erste, Frau Steiner.« Beim Hinausgehen warf er einen Blick in das Wohnzimmer. Dort waren mehrere Fotoalben und viele einzelne Fotos über den Tisch, die Couch und den Boden verteilt. Lena bemerkte seine Neugier. »Ich hab die ganze Nacht Fotos angeschaut, weil ich eine Collage für unser Vereinscafé machen möchte. Das hat mir geholfen.«

Kleinlich nickte, und er und Neuer verließen die Wohnung.

Lena ging ins Wohnzimmer und nahm eines der Fotoalben zur Hand. Es war aus der Hauptschulzeit. Langsam blätterte sie die Seiten durch. Auf den Klassenfotos stand Daniela immer ganz vorne, trug als Einzige Markenklamotten und Make-up.

Warum hat die Dani eigentlich mich als beste Freundin ausgesucht? Weil ich so unscheinbar und für sie keine Konkurrenz war? Und waren wir überhaupt beste Freundinnen? Ich hab ihr immer wieder geholfen, wenn sie Mist gebaut hat. Hab für sie gelogen, ihr Alibis gegeben und sie die Hausübungen abschreiben lassen. Was hat die Dani für mich getan? Mir meinen ersten Freund ausgespannt! War jetzt aber nicht so schlecht, weil dadurch bin ich mit dem Flori zusammengekommen.

Die Dani war schon manchmal ein richtiges Miststück. Vielleicht fühl ich mich deswegen eher befreit als traurig.

Plötzlich stutzte Lena. Da, in der letzten Reihe, ganz außen. Hab ich's doch gewusst, dass ich die Renate kenne, dachte sie. Meine Güte, hat das Nilpferd sich verändert. Aus der ist ja eine richtige Gazelle geworden.

Die Wanzi-Oma hat immer gesagt: »Die Menschen ändern sich ned freiwillig. Erst wenn das Leben zu sehr wehtut, kapiert auch das Hirn, dass es so ned weitergeht.«

9.

Als Kleinlich und Neuer auf die Polizeiinspektion zurückkamen, herrschte dort Hochbetrieb. Der Warteraum war angefüllt mit einem Dutzend unrasierter und lederbehoster Männer. In der Luft lag der Geruch von Schweiß und jeder Menge Restalkohol. Die meisten Mitglieder der *Lederhosenklatscher* lümmelten auf den ungemütlichen Sesseln und dämmerten vor sich hin. Nur einer stand mitten im Gang und diskutierte lautstark mit Baumüller.

»Jetzt horch einmal zu, du Dorfgendarm«, brüllte Dietmar Krauskopf senior. Sein schweinsbratengestählter Bauch drückte gegen den Inspektor und ließ die Hirschhornknöpfe seiner Lederhose ächzen, die Hosenträger waren bis an ihre Belastbarkeitsgrenze gespannt. »Wir kommen als pflichtbewusste Staatsbürger hierher, weil wir der Polizei helfen wollen, und dann lasst ihr Wappler uns da stundenlang warten. Ich will jetzt sofort mit deinem Chef reden.«

»Vielleicht will der Chef aber nicht mit Ihnen reden«, sagte Kleinlich und baute sich vor Dietmar auf.

»Und wer sind jetzt Sie?« Krauskopf senior stemmte seine Hände in die nicht vorhandenen Hüften und schaute respektlos auf den Chefinspektor.

Der ließ den verächtlichen Blick von Dietmar an sich abprallen. »Ich bin der Chef von diesem Dorfgendarmen. Und wenn Sie nicht augenblicklich zum Brüllen aufhören, kriegen Sie eine Anzeige wegen Beamtenbeleidigung.«

Kleinlichs Stimme war ruhig, aber bestimmt. Dietmars Aufgeblasenheit fiel zusammen, und seine Knöpfe und Hosenträger stöhnten vor Erleichterung. Normalerweise gingen ihm staatliche Autoritäten am Allerwertesten vorbei, aber so viel Menschenkenntnis hatte Krauskopf senior dann doch, dass er sofort erkannte, dass mit dem Chefinspektor nicht gut Kirschen essen war.

»Entschuldigen S', Herr …?«

»Kleinlich, Chefinspektor Kleinlich.«

»Also, entschuldigen S', Herr Chefinspektor«, sagte Dietmar jetzt etwas versöhnlicher, »aber wir warten hier schon eine ganze Zeit lang und müssen schließlich wieder zu unserer Arbeit.«

Kleinlich schaute auf den jämmerlichen Haufen Männer. Von denen war kein einziger arbeitsfähig. In der Ausnüchterungszelle wären sie wahrscheinlicher besser aufgehoben. Aber wie hatte ihm Neuer letztens so schön erklärt: Die moderne Polizei setzt auf Deeskalation. Und Kleinlich würde dem Klugscheißer beweisen, dass er sehr wohl lernfähig war.

»Das müssen wir alle. Darum wollen wir nicht noch mehr Zeit vergeuden. Die Kollegen werden jetzt die Befragungen durchführen«, er deutete auf Neuer und Baumüller, »und mit Ihnen werde ich persönlich sprechen. So von Chef zu Chef. Kommen Sie doch gleich mit in mein Büro.« Allzu viel erhoffte sich Kleinlich nicht von dem Gespräch, aber der *Lederhosenhupfer* sollte nicht denken, dass er sich in seinem Kommissariat so aufführen konnte. Die Mitzi und der Berti hatten ihm gestern noch einiges über diesen komischen Trachtenverein erzählt, und die Mitzi kannte Dietmar Krauskopf natürlich, weil sie schon für einige Vereinsfeste das Catering gemacht hatte. An diese Provinzmentalität musste Kleinlich sich erst gewöhnen. Er hatte sich nach einem Zwischenfall von Wien hierher versetzten lassen. Das Leben dort war anders. Man kannte vielleicht die Nachbarn vom eigenen Häuserblock, aber darüber hinaus blieb man anonym. Das vermisste er manchmal. Inzwischen jedoch immer weniger, seit er am Hof und im Leben der Mitzi mehr Zeit verbrachte.

Wie erwartet, war das Gespräch mit Dietmar Krauskopf senior nicht sehr informativ. Die jungen Weiber vom Hobbyplattlerverein, wie er sie nannte, waren für ihn völlig uninteressant, weil, seiner Meinung nach, absolut talentfrei und maximal als Seitenhupfer zu gebrauchen. »Na, ned was Sie sich denken, Herr Chefinspektor!« Dietmar ruderte abwehrend mit den Händen. »Ich mein, so wie in Amerika diese Cheerleader. A bissal sexy anziehen, a bissal mit dem Arsch wackeln und fertig. Mehr können die doch eh ned.«

Kleinlich verspürte den starken Drang, diesem präpotenten Fettsack die Faust aufs Auge zu drücken, beherrschte sich jedoch, weil Neuer wieder einmal ohne anzuklopfen in sein Büro stürmte.

»Was gibt's denn?«

»Wir sind so weit fertig mit den Befragungen, aber es fehlt einer.«

»Und wer?«

Neuer deutete auf Dietmar. »Sein Sohn, Dietmar Krauskopf junior.« Er wandte sich an Dietmar senior. »Wissen Sie, wo der ist?«

»Mein Bub ist mit uns hergekommen. Fragen S' doch Ihren Kollegen. Der hat unsere Namen notiert und die Ausweise kontrolliert.«

Neuer ging wieder nach draußen, und Kleinlich und Dietmar folgten ihm. Baumüller bestätigte, dass Dietmar junior mit den anderen gekommen war. Einer der Schuhplattler meinte, dass der Didi mal zum Pieseln gegangen wäre, auf dem Klo konnten die Beamten ihn jedoch nicht finden. Als Kleinlich gerade den Befehl geben wollte, ihn zu suchen, hörten sie ein lautes Krachen aus dem Innenhof. Sie rannten zu den Fenstern und sahen, wie ein schwarzer BMW sich etwas unvorschriftsmäßig zwischen den steinernen Wichtelfiguren im Rosenbeet geparkt hatte.

»Mein Auto!«, brüllte Dietmar Krauskopf senior und rannte schneller, als sein dicker Wanst vermuten ließ, nach draußen.

Die anderen Schuhplattler folgten sensationslüstern, und auch die Polizisten ließen sich dieses Schauspiel nicht entgehen.

Dietmar senior war als Erster bei seinem Auto. Er riss die Fahrertür auf, und sein Sohn fiel ihm direkt auf sein Fettwamperl.

»Sag einmal, spinnst du!« Dietmar senior packte Dietmar junior am linken Ohrwaschl und zerrte ihn aus dem Auto. Der ließ sich mitten in die Rosen fallen und heulte wie ein Schlosshund. »Aber ich hab sie doch so geliebt, die Daniela!«

Die Wanzi-Oma hat immer gesagt: »Liebe macht nicht nur blind, sondern manchmal auch a bissal blöd. Aber des vergeht wieder.«

10.

Am nächsten Tag hing an der Eingangstür des *Café Gänseblümchen* wieder das »Geschlossen«-Schild. Doch dieses Mal war die Stimmung kalt. Trauerkalt. Die Mitglieder der *Dirndlschupfer* saßen schweigend rund um den Bartresen. Niemand konnte etwas sagen. Niemand wollte etwas sagen. Auf dem Tisch neben der Bar lag ein aufgeschlagenes Fotoalbum. Die Bilder darin zeigten lachende junge Frauen. Immer ganz vorne: Daniela Rauscher, das Alphaweibchen. Lena hatte das Album zusammengestellt in der Hoffnung, damit ihre wirren Gedanken und Gefühle zu beruhigen. Diese Hoffnung hatte sich nicht erfüllt. Immer wieder war ihr das Bild der völlig veränderten Renate durch den Sinn gegangen. Warum hatte die beim Vortanzen nicht gesagt, wer sie war? Weil Daniela sie schon in der Schule ständig gedemütigt hatte? Und dann war auch dauernd dieser eine Gedanke in Lena hochgekommen. War es vielleicht dieses Mal eine Demütigung zu viel gewesen? Sollte Lena der Polizei von ihrem Verdacht erzählen? Du meine Güte, nein! Renate würde doch niemals einen Menschen töten, dachte Lena. Aber was weiß ich schon. Ich habe sie zehn Jahre nicht mehr gesehen.

Lena räusperte sich. »Also, ich weiß, für euch ist das alles genauso furchtbar wie für mich. Und ich habe keine Ahnung, was wir jetzt tun sollen. Ehrlich gesagt, ich möchte nicht weitermachen.«

Die anderen Mädls nickten nur.

»Ich glaub, es ist das Beste, wenn wir die Gruppe auflösen. Wir gehen noch einmal gemeinsam zu Danielas Begräbnis, und dann sind die *Dirndlschupfer* Geschichte. Ich geb euch Bescheid, wann die Beerdigung ist.«

Wieder nickten die anderen nur, und die Ersten standen schon auf, um zu gehen. Die Stimmung in dem kleinen Café war wirklich vom Tod überschattet.

Am Schluss blieben nur Lena und Vicki zurück.

»Ich geh' jetzt auch, Vicki«, sagte Lena schließlich. »Kann ich das Album inzwischen bei dir lassen? Wir werden uns vor dem Begräbnis eh wieder bei dir treffen.«

»Natürlich! Ich kann verstehen, dass du es nicht zu Hause haben willst. Zu viele Erinnerungen.« Sie drückte Lena kurz an sich und begleitete sie noch zur Tür.

Während Lena nach Hause ging, schwirrte wieder der Gedanke an Renate durch ihren Kopf, und sie traf die Entscheidung, dass sie dem Chefinspektor zumindest von Renates gemeinsamer Vergangenheit mit Daniela erzählen würde. Aber nicht heute. Heute war Samstag, und Flori war wieder einmal nicht von der Uni heimgekommen. Viel zu lernen, hatte er gesagt und damit den Funken der Eifersucht, den Daniela in Lena gezündet hatte, noch befeuert.

Kleinlich indessen genoss ein spätes Frühstück bei Mitzi. Normalerweise kannte er kein Wochenende, und der Samstag war eigentlich ein normaler Arbeitstag für ihn. Noch dazu, wenn es einen neuen Fall gab. Aber die Obduktion von Daniela Rauscher war noch nicht abgeschlossen, ebenso wenig wie die Handyauswertung. Krauskopf junior hatten sie in eine Ausnüchterungszelle gesperrt, trotz dem heftigen Protest seines Vaters. Sobald er vernehmungsfähig war, würden die Kollegen ihn verständigen. Außerdem war da noch Neuer, der anscheinend nichts Besseres zu tun hatte, als in seiner Freizeit Berichte zu schreiben. Zur Not konnte der den Junior auch alleine befragen.

So hatte Kleinlich beschlossen, heute mit alten Gewohnheiten zu brechen und neue in sein Leben zu lassen.

Mitzi hatte Kleinlich gerade das erste Häferl Kaffee eingeschenkt, als dessen Handy klingelte. Er schaute auf das Display und seufzte. »Der Neuer. Da muss ich drangehen.« Zum Leidwesen von Mitzis Neugier stand er auf und ging nach draußen zum Telefonieren. »Was gibt's, Neuer?«

»Tut mir leid, dass ich Sie stören muss, Chef. Aber auf dem Handy der Toten haben wir einen interessanten *WhatsApp*-Chat gefunden. Und jetzt raten Sie mal, mit wem sie den geführt hat.«

»Wir sind hier nicht bei Welches-Schweinderl-hätten S'-denn-gern, und ich bin nicht Robert Lembke!«, brüllte Kleinlich genervt in sein Handy. Zuerst verleidete Neuer ihm das Frühstück mit Mitzi, und dann wollte er noch Ratespiele machen. »Sagen Sie einfach, wer's war.«

»Schweinderl? Wieso Schweinderl? Und wer ist dieser Lembke?« Neuer hatte keinen blassen Schimmer, wovon sein Chef sprach.

»Neuer! Wer war der Chatpartner?!«

»Also, anscheinend hatte Daniela den bei so einem Onlinedating kennengelernt. Sie hat ihn als *Witscher123* eingespeichert, aber die Nummer gehört zu Dietmar Krauskopf junior!«, sagte Neuer, und der Triumph in seiner Stimme war nicht zu überhören. »Und dem Chatverlauf nach wusste Daniela nicht, dass es der Dietmar war. Außerdem dürfte das erste Date ziemlich in die Hose gegangen sein, und sie war stinksauer auf den *Wit-*

cher. Aber der Hammer ist, Daniela hatte mit dem *Witcher* ein neues Treffen vereinbart, und jetzt raten Sie mal, wann und wo.«

Kleinlich gab sich geschlagen. »Ich habe keine Ahnung. Wann und wo?«

»Am Donnerstagmorgen bei der Dambergwarte! Also genau zur Tatzeit.«

»Gut, Neuer …«, Kleinlich überlegte kurz, »… ich komme sofort auf die PI. Ist der Junior schon nüchtern?«

»Vor einer Stunde hat er noch geschlafen wie ein Riesenbaby. Ich werde ihn mal aufwecken und mit Kaffee befüllen.«

Kleinlich legte auf, ohne sich zu verabschieden. Wie sollte er der Mitzi beibringen, dass aus dem gemütlichen Frühstück nichts wurde?

Diese Entscheidung wurde ihm schnell abgenommen. Als er sich umdrehte und zurück ins Haus gehen wollte, stand die Mitzi schon hinter ihm. Sie nahm seine Hand. »Des passt schon, Willi. Dei Beruf is wichtiger, und frühstücken können ma noch oft miteinander.« Kleinlich wollte gleich gehen, doch Mitzi hielt seine Hand fest. »Mit dem Junior, hast du da den Bub vom Krauskopf g'meint?«

»Mitzi, bitte halt' dich da raus.« Er legte seine Arme um sie. Eine Geste, die ihm immer noch etwas schwerfiel. Die Mauern um sein Herz bröckelten zwar, aber langsam.

Mitzi drückte sich an ihn, wobei sie aber zuerst verstohlen schaute, ob niemand sie beobachtete. Die Menschen in der Provinz nahmen das Trauerjahr noch sehr genau.

Als Kleinlich bei der Polizeiinspektion ankam, hörte er schon von draußen lautes Geschrei. Auf dem Gang standen Neuer und ein uniformierter Kollege, beide die Arme vor der Brust verschränkt, und ließen eine Schimpftirade von Krauskopf senior über sich ergehen. Dieser verlangte lauthals, seinen Sohn zu sehen, und drohte den Polizisten, ihnen sämtliche Chefitäten auf den Hals zu hetzen. »Ich hab Beziehungen in die höchsten Kreise und lass mir von euch Kasperln sicher nix verbieten! Ihr seid's doch nur ein paar Provinzkriminaler, die sich wichtigmachen. Wenn ihr mich ned sofort zum Didi lasst, dann …«

Neuer trat einen Schritt nach vorne. »Wenn Sie nicht sofort aufhören herumzubrüllen, werde ich Ihnen den Paragraf 117 des Strafgesetzbuches so um die Ohren hauen, dass die in zwei Wochen noch klingeln!«, schrie er Krauskopf senior an, der schlagartig verstummte. Mit dem entschiedenen Auftreten des jungen Beamten hatte er nicht gerechnet. Genauso wenig wie Kleinlich, der seine Mundwinkel zu einem anerkennenden Lächeln verzog. Der Bursche gefiel ihm immer besser, nur das Klugscheißern musste er sich noch abgewöhnen. Der Chefinspektor trat zu den drei Männern.

»Gibt's Probleme?«

Neuer schüttelte den Kopf und deutete dem Kollegen, dass er wieder ins Büro zurückgehen könne. Krauskopf senior ließ sich schwer atmend auf einen der Wartesessel fallen.

»Alles unter Kontrolle, Chef. Der Herr Krauskopf wollte gerade gehen, weil wir seinen volljährigen Sohn ja nur befragen wollen. Nicht wahr, Herr Krauskopf?« Dieser nickte, stand mühsam auf und ging Richtung Ausgang. Kurz vor der Tür drehte er sich noch einmal um und meinte überheblich: »Sie mögen diesen kleinen Kampf gewonnen haben, aber der Krieg is noch lange ned vorbei.«

Kleinlich und Neuer schauten ihm durch das Fenster nach, bis Dietmar ins Auto gestiegen war und aus dem Innenhof fuhr. Da sein Sohn am Vortag Dietmars Mercedes zu Schrott gefahren hatte, musste er heute mit dem Mopedauto seiner Frau vorliebnehmen. Eigentlich eine Schande für einen Autogroßhändler, dass seine Gattin keinen Führerschein hatte, und er jetzt in so einem Recyclingcontainer auf Rädern durch die Stadt fahren musste. In dem kleinen Gefährt wirkte der stämmige Dietmar wie eine Sardine in der Dose, was seinem heroischen Abgang etwas Clownhaftes gab.

»Ist der Junior zur Befragung bereit, Kollege?«

Neuer schaute erstaunt auf seinen Chef. Kollege hatte der ihn noch nie genannt. Das machte ihn sprachlos und er brachte nur ein Nicken zustande.

»Gut, dann bringen Sie ihn in mein Büro.«

Das Häufchen Elend, das Neuer kurz darauf in Kleinlichs Büro führte, hatte keine Ähnlichkeit mit dem großkopfigen Krauskopf senior. Dietmar junior schlurfte mit gesenktem Haupt herein, und setzte sich müde auf den Stuhl vor Kleinlichs Schreibtisch. Seine Haare standen ihm wirr in die Höhe, seine Augen waren rot und geschwollen. Sein Hemd hing aus der Lederhose, ein Stutzen war bis zu den Knöcheln runtergerutscht, und die Schuhbänder seiner Haferlschuhe waren offen. Außerdem verströmte er den markanten Geruch von Schweiß, abgestandenem Bier und kaltem Zigarettenrauch.

Kleinlich öffnete das Fenster, holte tief Luft und setzte sich Dietmar gegenüber. Neuer blieb am Fenster stehen, um dem Gestank etwas zu entkommen.

»Herr Krauskopf, wie gut kannten Sie Daniela Rauscher?«, begann Kleinlich die Befragung.

Dietmar hob schwerfällig den Kopf. »Die Daniela und ich sind zusammen in die Hauptschule gegangen. Ich war eine Klasse unter ihr. Natürlich wollt sie nix von mir wissen, weil ich ihr zu jung war, aber wie ich dann zu meinem 18. Geburtstag das Cabrio g'schenkt bekommen hab, war ich plötzlich interessant für sie. Zumindest zum Spazierenfahren.« Er vergrub sein Gesicht in den Händen und fing wieder zu weinen an.

»Das heißt, sie waren niemals ein richtiges Paar?«

»Nein«, schluchzte Dietmar, »ich hätt schon wollen, aber sie war ja eher an älteren Typen interessiert.«

»So wie an *Witcher123*, 34 Jahre alt, Architekt, Hobbyliterat und reist gerne?«

»Woher wissen Sie des?« Mit einem Schlag war Dietmar nüchtern und blickte erschrocken auf den Chefinspektor.

»Herr Krauskopf, Sie haben für den Kontakt zu Daniela Ihr eigenes, auf Sie angemeldetes Handy verwendet. Und besonders die letzte Nachricht von Daniela an Sie ist sehr interessant. Sie bittet Sie darin um ein Treffen bei der Dambergwarte. Am Donnerstagmorgen.«

»Und jetzt glauben Sie, dass ich die Dani umgebracht hab?«, schrie Dietmar verzweifelt. »Ich hätt ihr nie was antun können. Ich hab sie wirklich geliebt, und in den Nachrichten haben Sie doch sicher auch gelesen, dass die Dani mich auch mochte.«

Kleinlich schüttelte den Kopf. »Nein, gemocht hat sie den *Witcher123*, und als sie herausgefunden hat, dass Sie das sind, kam es zum Streit auf dem Aussichtsturm, bei dem Sie Daniela runtergestoßen haben.«

»Nein! Nein … nein …«, stotterte Dietmar und hob abwehrend die Hände. »Wie ich zur Warte raufgekommen bin, is die Dani schon unten gelegen.«

»Aber dann hätten Sie den beiden Frauen begegnen müssen, die Daniela gefunden haben.«

»Ich bin von der anderen Seite gekommen. Von der Kapelle rauf. Wie ich die zwei gesehen hab, hab ich gleich umgedreht und bin wieder runtergelaufen.«

»Warum? Damit haben Sie sich doch nur verdächtig gemacht«, mischte sich Neuer ein, dem die ganze Geschichte fragwürdig vorkam.

»Ich war so geschockt und wollt einfach nur weg von dort. Vielleicht war das falsch, aber wenn ich dort blieben wär, hätt das die Dani auch nicht mehr lebendig gemacht.«

Kleinlich schaute dem jungen Mann fest in die Augen. Er konnte Angst darin sehen, aber wenn er Dietmars Körpersprache beobachtete, sagte dieser die Wahrheit.

»Haben Sie sonst noch jemanden dort oben gesehen oder irgendetwas Auffälliges beobachtet?«

Dietmar schloss für einen Moment die Augen und dachte nach.

»Bis zur Kapelle bin ich durchgelaufen. Dort musste ich dann stehen bleiben und verschnaufen. Ich wollt mich auf das Bankerl am Aussichtsplatz setzen, aber da is schon eine Frau gewesen, und ich bin schnell weitergelaufen, damit sie mich nicht bemerkt.«

»Haben Sie die Frau gekannt? Oder können Sie sie beschreiben?«

»Kennt hab' ich die ned, und ich hab' sie ja nur von hinten gesehen. Sie war schlank, blonde Haare zu einem geflochtenen Zopf gebunden. Sie hat eine rote Softshelljacke getragen und die Hose war schwarz oder dunkelblau, des weiß ich nimmer so genau. Und Laufschuhe hat sie angehabt, und einen schwarzen Rucksack.«

Kleinlich schaute zu Neuer und zuckte mit den Schultern. Die Geschichte konnte stimmen oder auch nicht. Auf jeden Fall hatten sie keine Beweise, die eine Verhaftung von Dietmar junior rechtfertigten.

»Gut, Herr Krauskopf, dann können Sie jetzt gehen. Wenn Ihnen noch was einfällt, rufen Sie mich an.«

Dietmar stand auf und verließ schnell Kleinlichs Büro.

Neuer setzte sich auf den frei gewordenen Stuhl. »Glauben Sie, die Frau hat was mit dem Mord zu tun?«

»Möglich«, antwortete Kleinlich, »falls es sie denn wirklich gegeben hat. Wenn ja, dann könnte es auf jeden Fall eine Zeugin sein. Es wird nur schwer werden, sie zu finden. Kommen S', Neuer«, er stand auf und nahm seine Jacke, »wir fahren zu dem Gasthaus am Damberg. Dort bleiben die Wanderer und Jogger immer mit ihren Autos stehen. Vielleicht hat der Wirt etwas gesehen.«

Während der Fahrt zum *Gasthaus Schramml* sprachen Kleinlich und Neuer kein Wort miteinander. Jeder hing seinen eigenen Gedanken nach. Der junge Bezirksinspektor zweifelte an Dietmars Aussage und suchte nach einem Fehler darin. Kleinlich dachte an Mitzi und wie er verhindern konnte, dass sie wieder ihre detektivische Leidenschaft auslebte.

Das letzte Stück der schmalen Serpentinenstraße mussten sie an einer langen Schlange am Straßenrand parkender Autos vorbei. Auch der Parkplatz vor dem Gasthaus war komplett voll. Kleinlich knurrte. Wahrscheinlich hatte nicht nur das schöne Wetter jede Menge Ausflügler auf den Damberg gelockt, sondern auch die morbide Schaulust. Der Tod war für die meisten Menschen eine spannende Unterhaltung, solang es nicht ihr eigener war. Und um diese Lust zu befriedigen, pilgerten selbst bekennende Couchkartoffeln an den Ort des Geschehens. Natürlich fand Neuer keinen Platz mehr zum Parken, und so stellte er den Dienstwagen einfach in die offene Hofeinfahrt.

Im Gegensatz zum Parkplatz war die Wirtsstube völlig leer. Missmutig lehnte Josef Schramml hinter der Ausschank.

»Wenn Sie a nur zum blöd Fragn kommen, können S' gleich wieder gehn«, blaffte er die zwei Beamten an.

Neuer zog seinen Dienstausweis aus der Hosentasche. »Bezirksinspektor Neuer, und das ist Chefinspektor Kleinlich.«

Der Wirt richtete sich auf. »Ah, Sie san von der Polizei? Dann können S' gleich amal die ganzen Deppen da draußen aufschreibn. Die parken nämlich alle auf meinem Grund.«

»Wenn Sie Probleme mit Falschparkern haben, rufen Sie bitte unsere Kollegen von der Streife an. Wir sind von der Mordkommission.«

Jetzt wurde der Wirt neugierig. »Ah, Sie kommen wegen der Leich, die bei der Warte g'legn is.«

»Richtig«, sagte Kleinlich, »und wir würden gerne wissen, ob Sie an dem Tag etwas beobachtet haben.«

»Ja mei, was soll i da schon groß beobachtet haben …« Josef Schramml kam hinter der Ausschank hervor und setzte sich an den Tisch gleich daneben. Es war der einzige Tisch in der Gaststube, der noch original aus der Zeit stammte, als das Gasthaus noch ein kleiner Mostheuriger war. Er war übersät mit Kerben und Kratzern, und über der Tischplatte schwebte ein gusseisernes Stammtischschild, an dem sich schon mehrere Generationen die eine oder andere Beule geholt hatten.

Der Wirt stand noch einmal auf, ging zurück hinter die Bar, und zapfte sich ein Seidel Bier. »Wolln S' auch eines?« Als die Beamten verneinten, setzte er sich wieder an den Tisch. »Es war a Wochntag. Da is nie viel los bei uns herobn. In der Früh kommen a paar Jogger und hin und wieda wer mit sein Hund. Am Wochenend wird's dann mehr, aber a nur auf'm Parkplatz. Die Wanderer gehn meistens auf'n Schwarzberg rüber, und die Jogger kehrn a ned ein bei uns, weil's alle ihre eigenen Energysafterl mithabn.«

»Waren am Donnerstagmorgen Autos auf Ihrem Parkplatz?«

»Ja, sicher. I hör jedes Auto, des raufkommt. Am Donnerstag warn's vier.«

»Woher wissen Sie denn das so genau?«

Wieder stand der Wirt auf und ging hinter die Schank. Er öffnete eine Schublade und nahm ein kleines Schulheft heraus. »Weil i jedes Auto aufschreib. Es zahlt sie ned aus, dass i jedes Mal die Polizei hol, wenn einer falsch parkt. Also mach i einmal in der Woche eine Sammelanzeige.«

Jetzt wurde es für Kleinlich interessant. »Dann haben Sie die Nummern der Autos, die am Donnerstag hier geparkt haben, aufgeschrieben?«

»Des sog i doch! Red i chinesisch?« Der Wirt blätterte in dem Heft. »Da steht's: 7.35 Uhr– roter Fiat 500 – SR-278BL, 7.48 Uhr – grüner Jeep – SE-417MM … ah, des war die Eisenhuber Mitzi mit ihrer Schwiegertochter!« Er lachte laut auf. »Die Mitzi war wieder beinand! Die hat ausg'schaut wie a Discoglitzerkugel. I hab' mir noch denkt, die wird mit ihre pinken Leggings des Wild verscheuchn, und …«

»Sie haben von vier Autos gesprochen«, unterbrach ihn Kleinlich verärgert. Der Mann war ihm vorher schon nicht sympathisch gewesen, aber dass er jetzt Mitzi beleidigte, ging zu weit.

»Ja, da warn um 7.52 Uhr – weißer SEAT Ibiza – SR-555BK, und um 8.12 Uhr ein schwarzer VW Golf – SR-321LH.«

Der Chefinspektor streckte die Hand aus und griff nach dem Heft. »Das müssen wir mitnehmen.«

Josef Schramml hielt sein Falschparkertagebuch fest. »Sicher ned! I kenn euch Kiberer. Ihr lasst's mei Heftl verschwindn, und dann warn meine ganzn Aufzeichnungen für die Katz!«

Kleinlich zerrte fester an dem Heft. »Herr Schramml, dieses Heft ist sehr wichtig für unsere Ermittlungen, und ich verspreche Ihnen, Sie bekommen es so schnell wie möglich unbeschadet zurück.«

Nur widerwillig ließ der Wirt das Schulheft los. »Gebn Sie mir des schriftlich? I möcht a Bestätigung dafür.«

»Die schickt Ihnen der Kollege Neuer dann per Mail zu. Auf Wiederschaun!«

Noch einmal wollte Josef protestieren, doch da waren Kleinlich und Neuer schon bei der Tür raus.

Die Wanzi-Oma hat immer gesagt: »Neugierige Leut sterben bald.«

Hätte sie recht gehabt die Wanzi-Oma, wäre die Welt schon ziemlich menschenleer.

11.

Dietmar junior hatte nach dem Verlassen der Polizeiinspektion sofort seine Mama angerufen, damit sie ihn abholen kam. So wie früher, wenn er in der Schule Blödsinn gemacht hatte, oder später, wenn er mit seinen Kumpels durch die Steyrer Nachtszene gezogen war und völlig besoffen am großen Brunnen mitten am Stadtplatz lehnte. Er kannte es nicht anders, weil sein Vater es genauso machte. Zu diesem Zweck hatte der seiner Frau Gerlinde sogar ein Mopedauto bei der Konkurrenz gekauft. Im eigenen Geschäft wollte er sich diese Blöße nicht geben. Den Führerschein zu machen, hatte er ihr nicht zugetraut.

So raste Gerlinde Krauskopf, so schnell es die fünf Pferdestärken ihres roten Flitzers zuließen, zum Schloss Lamberg, um ihren Bubi abzuholen. Dem Bubi war das natürlich furchtbar peinlich, aber Geld für ein Taxi wollte er nicht ausgeben, und einen seiner Freunde anzurufen, war ihm noch peinlicher.

»Jetzt fahr schon los!«, schnauzte er seine Mutter an und drückte sich so tief wie möglich in den Beifahrersitz.

Gerlinde stieg aufs Gas und ratterte los. Auch ihr war das Ganze peinlich. Heute Morgen beim Bäcker war sie schon angeredet worden, was denn da los sei, ob denn der Didi was mit der Leiche vom Damberg zu tun hätte. Dann hatte auch noch ihr Mann ein Mordstheater gemacht wegen seinem kaputten Auto. Als ob ich da was dafür kann, dachte Gerlinde beleidigt, ich hab ja gleich gesagt, sie sollen mit dem Taxi zur Polizei fahren, so besoffen wie die noch vom Vortag waren, aber der Herr Wichtig wollte mit seiner Protzschüssel aufkreuzen. Damit die dort gleich wissen, mit wem sie es zu tun haben, hat er gemeint. Der glaubt immer noch, dass er was Besonders ist, nur weil sein Großvater mal Vizebürgermeister von Steyr war. Unsere Familie hat einen Namen hier in der Stadt, sagt er immer, und den lasse ich mir von niemandem beschmutzen. Was für ihn bedeutete, dass Gerlinde sich gefälligst ordentlich zu den Nachbarn und seinen Freunden benehmen solle, und dass sie vor allem dafür sorgen musste, dass die Blödheiten seines Sohnes vertuscht wurden. Bis jetzt war das Gerlinde auch gelungen, aber wie sie einen Mordverdacht vertuschen sollte, da war sie überfordert.

»Zu Hause tun wir mal ordentlich frühstücken, und dann schlafst dich erst einmal aus«, sagte sie mit ihrer jahrelang antrainierten Gute-Laune-Stimme. »Wirst sehen, es wird alles wieder gut.« Didi brummte nur.

Gerlindes Vorstellung von einem harmonischen Familienfrühstück erfüllte sich nicht. Kaum war Dietmar junior durch die Haustür der Krauskopfschen Residenz getreten, traf ihn eine ordentliche Watschn seines Vaters. Didi fiel nach hinten, direkt in die Arme seiner Mutter.

»Sag einmal, spinnst du?« Wütend starrte Gerlinde auf ihren Mann. Seine cholerischen Ausbrüche war sie schon gewöhnt, aber geschlagen hatte er seinen Sohn noch nie.

»Des solltest du deinen Sohn fragn«, brüllte Dietmar zurück. »Habn wir dich ned immer vor dieser Flitschen gewarnt? Wie oft hab i dir g'sagt, du sollst die Finger von ihr lassn? Aber mein feiner Herr Sohn is ja so g'scheit und weiß selbst, was für sein Leben gut is.« Seine

Stimme wurde leiser und hart. »An Dreck weißt du. Du bist genauso lebensunfähig wie deine Mutter.«

»Aber du bist der große Zampano, gell!« Gerlindes Wut steigerte sich in Hass. Hass auf diesen Mann, der sie seit Jahren benutzte, um sein Haus (wie er immer wieder betonte, obwohl es Gerlindes Elternhaus war) sauber zu halten, seine Freunde und Geschäftspartner zu bekochen und seine Liebschaften zu ignorieren.

»Was wird des jetzt? Zwergerlaufstand?« Dietmar stellte sich drohend vor seine Frau. »Wenn dir was ned passt, kannst du gerne jederzeit gehen und dein Bubi gleich mitnehmen. Dann könnt's schaun, wo ihr ohne mich und mein Geld bleibt. Dein Vater hat schon g'wusst, warum er mir alles vererbt. Du bist doch wirklich zu blöd zum Leben!« Er drückte Gerlinde zur Seite und verließ das Haus, ohne die Tür zu schließen. Seine Frau sah ihm nach, wie er sich in das Mopedauto zwängte, und knatternd Richtung Stadtzentrum fuhr.

Ins Wirtshaus oder ins Puff, dachte Gerlinde, und ihr Hass auf Dietmar verlöschte wie ein abgebranntes Streichholz. Er hatte recht. Was war sie schon ohne ihn? Mit 17 war sie von Dietmar schwanger geworden und musste ihre Lehre abbrechen, was ihrem Mann gelegen kam. Er hatte sowieso nie verstanden, warum die Tochter eines großen und reichen Autohändlers eine Ausbildung zur Friseurin machen wollte. Dass Gerlinde das nur aus der Not heraus gemacht hatte, weil ihr Vater genauso wenig von ihr hielt wie ihr Mann, war Dietmar nie bewusst geworden. Also verdammte er Gerlinde zum Hausfrauendasein, weil, mit einer Frisösn wollte er nicht verheiratet sein, und heiraten musste er sie, das wollte seine Mutter so. Denk an den guten Ruf unserer

Familie, Bub! Mit diesem Satz hatte sie ihn immer an der Leine gehalten. Als Dietmars Mutter starb und die Leine riss, hatte Gerlinde gehofft, dass ihr Mann freier würde von seinem Standesdünkel, doch das Gegenteil war der Fall. Er übernahm nahtlos die abwertende Art, wie Frau Krauskopf senior ihre Schwiegertochter behandelt hatte, und verwandelte sich von einem Tag auf den anderen in denselben cholerischen Kotzbrocken, wie es sein Vater und Großvater gewesen waren. Die Erbschaft von Gerlindes Vater verhalfen ihm dann endlich auch zu einem öffentlichen Status als tyrannisches Ekelpaket.

Gerlinde war irgendwann immun dagegen geworden, bis zu dem Zeitpunkt, wo sie feststellen musste, dass ihr Sohn die gleiche Neigung entwickelte. Auch wenn sie wusste, dass er das nur tat, um seinem Vater zu gefallen, machte sie sich große Sorgen um Didi.

Der klammerte sich noch immer an seine Mutter und hielt sich dabei die linke Wange.

»Komm, Bub«, sagte Gerlinde und nahm ihn bei der Hand, »wir gehen in die Küche, und ich leg dir einen Eisbeutel auf. Es wird schon alles wieder gut.«

Dietmar riss sich los. »Lass mi in Ruh! Du bist doch schuld an dem ganzen Scheiß hier! Hättest du mich ned zu so einem Waschlappn g'macht, hätt i dem Papa eine zurückgedonnert, dass er mit dem Sterndérlzählen nimmer nachkommen wär!« Wutentbrannt rannte er nach oben in sein Zimmer und schlug die Tür zu.

»Ja«, flüsterte Gerlinde, »ich bin schuld.«

Die Wanzi-Oma hat immer gesagt: »Schrei ned, Mitzi! Wer schreit, verliert.«

Manchmal hat sich auch die Wanzi-Oma geirrt.

12.

Nach dem Besuch beim *Schramml-Wirt* hatte Kleinlich seinen Assistenten gebeten, ihn zu Hause abzusetzen. »Und machen Sie auch Schluss für heute«, sagte er beim Aussteigen zu Neuer.

»Zu Befehl, Chef!« Neuer tippte sich an seine nicht vorhandene Polizeikappe. »Ich bringe nur schnell das Heft zu den Kollegen auf die PI, damit die die Autonummern überprüfen können. Vielleicht stehen noch andere interessante Kennzeichen drin.« Er öffnete das kleine Notizheft und stieß einen Schrei aus. »Ich glaub es nicht! Der hat sogar unsere Einsatzfahrzeuge aufgeschrieben. Der spinnt doch!«

»Sagen S' den Kollegen, sie sollen die wichtigen Seiten aus dem Heft kopieren und es dann ›versehentlich‹ in den Schredder schmeißen. Ich übernehme die Verantwortung dafür.« Kleinlich konnte dieses Vernadern nicht ausstehen, auch wenn er in seinem Beruf oft darauf angewiesen war. Wenn die Menschen sich weniger um die Verfehlungen der anderen kümmern und dafür ihren eigenen Stall sauber halten würden, hätte er viel weniger zu tun. Davon war er überzeugt.

Er ging in seine kleine Wohnung und fühlte sich einsam und leer. Eine ungewohnte Sache für ihn, dieses Fühlen. So wie die Sehnsucht, die sich jetzt auch noch einmischte. Sehnsucht nach der warmen Küche auf Mitzis Hof, nach dem Lachen von Mitzi, wenn der Berti und die Klara von ihrem Leben auf der Hallig erzählten, und sogar nach den neugierigen Fragen der Mitzi zu seinem neuen Fall. Gerade wollte er die Mitzi anrufen und fragen, ob er vorbeikommen dürfe, da läutete sein Handy.

»Willi, bist noch bei der Arbeit?«, hörte er Mitzis Stimme. »Wenn ned, dann komm doch einfach vorbei. I hab' an frischen Mohnguglhupf g'macht, nach dem Rezept von der Wanzi-Oma. Den magst du doch so gern. Musst di aber beeilen, sonst isst den der Berti zamm!«

»Ich komm' gern, Mitzi. Bis gleich.«

Das Gleich dauerte dann doch ein wenig länger, weil Kleinlich es mit der Straßenverkehrsordnung sehr genau nahm und sich penibel an die vorgeschriebenen Geschwindigkeitsbeschränkungen hielt. Das brachte ihm des Öfteren ein ungeduldiges Hupen oder einen bösen Vogelgruß von den anderen Verkehrsteilnehmern ein, was jedoch an ihm abprallte. Natürlich hätte er seinen Polizeibeamtenstatus nutzen können, um die Drängler zurechtzuweisen, aber wozu? Er hatte die Hoffnung, dass ein Strafzettel das Verkehrsverhalten der Autofahrer bessern würde, schon lange aufgegeben, und bemühte sich einfach nur mehr, unbeschadet von A nach B zu kommen. In diesem Fall war B der Eisenhuber-Hof, wo die Mitzi schon mit frischem Kaffee und lauwarmem Guglhupf auf ihn wartete. Außerdem hatte sie gleich eine g'scheite Jause aufgetischt, damit der Willi länger blieb und ein bisschen Speck auf die dürren Rippen bekam.

Mitzi stand an der Haustür und wedelte ungeduldig mit den Händen, als Kleinlich in den Hof fuhr und ausstieg. »Mei, Willi, wo warst denn so lang? Komm rein, bevor der Kaffee kalt wird.« Beim Reingehen drückte er ihr einen Kuss auf die Lippen, und sie gab ihm einen sanften Klaps auf sein Hinterteil. Fürs Verliebtsein ist es nie zu spät, dachte Kleinlich grinsend und erschrak gleichzeitig über seinen eigenen Gedanken. War er wirklich in die Mitzi verliebt? Blöde Frage! Natürlich! Dann lass es endlich raus, hörte er eine Stimme in seinem Kopf. Kleinlich kratzte seinen ganzen Mut zusammen, packte Mitzi um die Hüften, bevor sie in der Küche verschwand, und drückte ihr noch einen Kuss auf den Mund. Mitzi ließ es geschehen und streichelte ihm sanft mit der Hand über die Wange. Dann stemmte sie sich gegen seinen Brustkorb und drückte ihn weg. »Genug g'schmust! Heb was für später auf.«

In der Küche saßen Klara und Berti schon beim Tisch und grinsten bis über beide Ohren. Mitzi ignorierte das Grinsen, platzierte Kleinlich auf der Eckbank und setzte sich neben ihn. Ihre Augen glänzten. Nicht nur wegen Kleinlichs Küssen, sondern auch vor Neugier. »Jetzt erzähl schon, Willi, was gibt's Neues? Habt's schon einen Verdacht?«

Kleinlich hatte gewusst, dass diese Frage kommen würde, aber er ließ Mitzi ein wenig zappeln. Langsam nahm er das Milchkännchen, tropfte etwas Milch in sein Kaffeehäferl, stellte es zurück, nahm es noch einmal, tropfte mehr Milch in den Kaffee, stellte das Kännchen zurück auf den Tisch, nahm die Zuckerdose, füllte einen Löffel Zucker in den Kaffee, stellte die Zuckerdose neben das Milchkännchen, rückte das Kännchen näher an die Dose, rührte seinen Kaffee drei Mal nach links und drei Mal nach rechts, nippte am Kaffee, griff wieder nach der Zuckerdose ... da platzte Mitzi der Kragen. »Willi, mach' mi ned grantig, sonst räum i den Kuchen und die Jausn gleich wieder weg!«

Kleinlich seufzte theatralisch. »Wir haben schon einiges herausgefunden. Zum Beispiel, dass die Tote kein sehr netter Mensch war, aber das hat Klara auch mitbekommen. Außerdem war sie bei einer Onlinedating-Seite angemeldet und hat dort einen Mann kennengelernt, mit dem sie zum Todeszeitpunkt bei der Dambergwarte verabredet war.«

»Des war der Krauskopf Didi, stimmt's?«, fiel ihm Mitzi ins Wort.

»Wie kommst du darauf, Mama?«, fragte Berti erstaunt.

»Weil der Willi sein Telefon immer so laut eing'stellt hat, dass jeder mithörn kann.« Sie schaute auf Kleinlich. »Du solltest zum Ohrenarzt gehen. Des is g'fährlich, wenn jeder hört, was der Neuer dir am Telefon erzählt.«

Kleinlich schwieg peinlich berührt. Hielt die Mitzi ihn für einen alten Mann, der ein Hörgerät brauchte? Seine Ohren funktionierten tadellos, er wusste einfach nicht, wie er bei seinem neuen Diensthandy die Lautstärke regulierte.

»Soll ich weitererzählen oder nicht?« Alle nickten.

»Ja, es stimmt, der Mann war Dietmar Krauskopf junior. Wir haben ihn auch schon vernommen, aber er behauptet, dass Daniela schon tot am Boden lag, als er zur Warte kam. Dann hat er dich und Klara kommen sehen und ist in seiner Panik geflüchtet. Er war seit der Schule in Daniela verliebt, aber sie hat ihn nicht ernst genommen. Also hat er sich über dieses Onlinedating mit einem falschen Profil bei ihr gemeldet und sie so dazu gebracht, sich mit ihm zu treffen.«

»Aber da hat er a starkes Motiv«, rief Mitzi, »wenn die Daniela rausg'fundn hätt, dass der tolle Mann, der sie kennenlernen möcht, in Wirklichkeit der Krauskopf Didi is, da wär die doch ausg'flippt.«

»Das reicht aber nicht für eine Verhaftung. Außerdem hatte Daniela mit mehreren Personen Streit, zum Beispiel auch mit Lena Steiner wegen deren Freund. Den Stoß, der Daniela von der Warte geworfen hat, hätte auch eine Frau ausführen können.«

»Aber a Streit is doch kein Grund, dass i jemanden umbring.«

Jetzt mischte sich auch der Berti ein. »Ich hab' vor ein paar Wochn einen alten Schulfreund troffn, und der hat mir erzählt, dass der Flori, seit er in Graz studiert, kein Leben als Mönch führt. Vielleicht hat die Dani des g'wusst oder sie hat selber was mit ihm g'habt. Zuzutrauen wär's ihr.«

»Eifersucht war immer schon ein schlechter Berater«, meinte Kleinlich. »Wir werden das überprüfen. Danke für den Tipp, Berti.«

»So, aber jetzt genug von Mord und Totschlag«, mischte sich Mitzi wieder ein, »wenn wir da schon so g'mütlich beinander sitzn, möchte i euch von einer Idee erzähln.«

Kleinlich war verblüfft. Mitzi wollte freiwillig das Thema wechseln? Na, das musste eine phänomenale Idee sein.

»Was für eine Idee, Mama?«, fragte Berti gespannt.

»Also, i hab mir dacht, weil ja du und die Klara des mit dem Hof so super macht's und i für des Altenteil doch noch a bissal zu jung bin, dass i da bei uns ein Zentrum machen möchte.« Sie schaute erwartungsvoll in die Runde, sah aber nur ahnungslose Gesichter.

»Was für ein Zentrum?«, fragte Klara. »Einen Bauernmarkt?«

»Nein, ein spirituelles Zentrum. Mit Seminaren. Yoga, Meditation, Selbstfindung, gesunde Ernährung und Fasten …«

»Gesunde Ernährung?«, unterbrach Berti sie. »Mama, du hast mit gesunder Ernährung so viel am Hut wie Heino mit Hardrock. Da am Tisch stehen mindestens 20.000 fette, ungesunde Kalorien.«

»Genau, und des wird si in Zukunft ändern. Vielleicht werd i auch Diätseminare anbietn.«

Kleinlich zuckte erschrocken zusammen. Diät? Die Mitzi wollte eine Diät machen? Warum? Er liebte jedes Gramm an ihr. Was hatten die Frauen bloß immer mit diesem Schlanksein? Natürlich hätte es ihm gefallen, wenn sich die Mitzi ein neues Betätigungsfeld suchte und dann weniger Zeit zum Hobbyermitteln hätte. Aber musste es denn gleich eine Diät sein?

»Du willst eine Diät machen? Warum, Mitzi? Du bist doch perfekt, so wie du bist. Mit deinen Ringerl und Falten … ähm … ich meine …« Er suchte nach einem Ausweg aus dem Fettnäpfchen, in das er gerade getreten war.

Doch Mitzi lachte ihn zufrieden an. »Keine Angst, Willi, ich werd keine Diät machn. I möcht nur solche Seminare anbieten, weil's auch viele Menschen gibt, die ned alles essen können. Die haben Unverträglichkeiten und Allergien. Für solche Leut möcht i des machn. Weil für einen g'sundn Geist braucht's auch einen g'sunden Körper. Aber vor allem eine g'sunde Seele. Weißt, die g'hörn alle drei zamm, und is eins davon krank, geht's den andern zwei auch ned gut.« Mitzi schloss die Augen, hob die Hände vor das Gesicht und legte die Handflächen zusammen. »Körper, Geist und Seele sollen in Harmonie vereint werden. *An'anasha.*«

»Anna was?« Berti war verwirrt. Er war nie ein Freund der traditionellen katholischen Eisenhuberfamilienreligion gewesen, aber asiatische Lebensweisheiten am oberösterreichischen Bauernhof? Da würde sich auch die Wanzi-Oma im Grab umdrehen. Er schüttelte heftig den Kopf. »Nein, Mama, sei mir ned bös, aber des geht ned! Die Leut redn doch jetzt schon über dich.«

»A geh, was redn denn die Leut so über mich?« Mitzi war verärgert. Zum einen, weil Berti ihre Idee nicht gefiel, zum anderen, weil ihm das Gerede der Leute wichtiger war als die Zufriedenheit seiner Mutter.

»Naja, dass du immer so ein komisches G'wand anhast und dass du beim Melken Meditationsmusik hörst. Und neulich hat die Nachbarin g'sehn, wie du bei der Auffahrt die Bäume umarmt hast. Des is schon a bissal peinlich.«

»Du schämst dich für deine Mutter?« Klaras Augen sprühten vor Zorn. »So kenne ich dich gar nicht, Berti. Die Mitzi hat endlich was gefunden, das sie glücklich macht, und du findest das peinlich. Dafür solltest du dich schämen!«

Die beiden Frauen standen auf und verließen wütend die Küche.

Berti und Kleinlich blieben ziemlich zerknirscht beim Tisch sitzen.

»Willkommen im Fettnäpfchen, Berti«, sagte Kleinlich. »Ich denke, darauf sollten wir einen Schnaps trinken.«

Den restlichen Nachmittag verbrachten die Männer schweigend und wartend am Küchentisch, doch Mitzi und Klara kamen nicht zurück.

Schließlich fuhr Kleinlich nach Hause. Er war ein wenig verwundert, dass Mitzi so wütend geworden war. Lag ihr dieses Projekt wirklich so am Herzen? Er konnte mit diesen spirituellen Dingen nichts anfangen. Sie würde sich schon wieder beruhigen. Hoffte er zumindest.

Kurz überlegte er, ob er noch auf der PI vorbeischauen sollte, denn die Aussicht auf einen Abend in seiner leeren Junggesellenbude erfreute ihn nicht. Er entschied sich gegen die kalte Wohnung und bog beim Bezirksgericht nach links ab.

Es erstaunte ihn nicht, dass auch Neuer noch im Dienst war. Die beiden Männer nickten sich kurz zu, und für einen Moment herrschte männliches Verständnis und Vertrauen zwischen ihnen.

»Ich habe die Kennzeichen überprüft, Chef«, sagte Neuer und reichte Kleinlich den Ausdruck mit den Ergebnissen, den der Chefinspektor mit einem schnellen Blick überflog.

»Der rote Fiat 500«, sagte er dann zu Neuer, »Renate Strassmaier, könnte die mit dem Fall zu tun haben?«

»Sie denken an die Renate vom Vortanzen? Das wäre schon ein großer Zufall, wenn das die gleiche ist.«

»Ausschließen dürfen wir es nicht.« Kleinlich schaute auf seine Armbanduhr. »Aber für heute ist es zu spät. Wir werden morgen mit der Dame sprechen.«

»Am Sonntag?« Neuer klang nicht begeistert.

»Haben Sie was anderes vor?« Der kollegiale Männermoment war vorbei, und Kleinlich nahm wieder seine Chefposition ein. Er hatte jahrelang sein Privatleben hintangestellt und erwartete das auch von seinem Assistenten.

»Ich nicht, aber Sie vielleicht«, antwortete Neuer und grinste seinen Chef dabei ungeniert an. Keine gute Idee!

»Kümmern Sie sich um den Fall und nicht um mein Privatleben! Morgen, 8 Uhr, sind Sie einsatzbereit!« Kleinlich warf die Zettel auf Neuers Schreibtisch, zwei davon fielen auf den Boden, und Neuer bückte sich, um sie aufzuheben. Als er sich wieder aufrichtete, war der Chefinspektor verschwunden. Hoffentlich werde ich einmal nicht auch so ein Grantler, dachte er. Der Beruf ist kein Honigschlecken, aber mit der richtigen Work-Life-Balance ist es kein Problem, ein ausgeglichener, sozialfähiger Mensch zu bleiben.

Unschuldige Gedanken der Jugend, hätte Kleinlich gesagt.

Es war schon dunkel, als der Chefinspektor schließlich doch in seiner Wohnung ankam. Sie lag in einem veralteten Wohnsilo eines Trabantenstadtteils. Was in den 1970er-Jahren als eines der größten sozialen Wohnbauprojekte gestartet wurde, war inzwischen zu einem sozialen Brennpunkt geworden. Selbst die Kirche musste Grenzen setzen und einen Zaun bauen, da manchen Menschen nichts mehr heilig war.

Dafür bot dieser Stadtteil etwas für Kleinlich, das er während seines Lebens in der Wiener Vorstadtsiedlung vermisst hatte – Anonymität. Hier wusste keiner, wer er war und womit er seinen Tag verbrachte. Es interessierte auch niemanden.

Dass er sich seit einiger Zeit trotzdem nicht mehr hier wohlfühlte, lag vor allem an Mitzi und ihrer Familie. Obwohl es manchmal schon sehr erholsam war, wenn er nicht von Mitzi umsorgt und mit Leckereien vollgestopft wurde. Sie war der Meinung, er bräuchte mehr Fleisch auf den Rippen.

Kleinlich hängte seine Jacke an die Garderobe und zog seine Schuhe aus. Da bemerkte er ein Kuvert, das auf dem Boden vor der Wohnungstür lag. Jemand musste es durch den Briefschlitz eingeworfen haben. Er hob es auf. Keine Adresse, kein Absender, und es war nicht zugeklebt.

Im Kuvert war die Karte eines Wiener Nachtklubs. Kleinlich wusste, dass es diesen Klub schon lange nicht mehr gab. Die Karte war auch schon vergilbt und abgegriffen. Er drehte sie um, und erschrak. »Liebe Grüße von Katja«, stand auf der Rückseite.

Verdrängte Erinnerungen prasselten auf ihn ein. Eine Razzia im Klub, die blonde junge Frau mit einem blutigen Messer in der Hand.

»Er weiß, dass ich dir den Tipp gegeben habe«, sagte sie verzweifelt.

»Du musst keine Angst haben, wir helfen dir«, hatte er sie beruhigt.

»Er wird mich überall finden.«

»Er wird ins Gefängnis kommen.«

»Dann werden mich seine Leute finden.«

»Du kommst ins Zeugenschutzprogramm, dort bist du sicher.«

Sie hatte ihm geglaubt. Zwei Wochen später war sie tot. Ihr Mörder wurde nie gefunden. Die einzige Genugtuung für Kleinlich war damals die Inhaftierung von Boris Putemko, dem Inhaber des Klubs. Verurteilt wurde er jedoch nur wegen Menschen- und Drogenhandel. Dafür musste er für acht Jahre ins Gefängnis. Noch vor dem Bekanntwerden des Urteils hatte sich Kleinlich nach Steyr versetzen lassen. Dass Boris den Mord an Katja in Auftrag gegeben hatte, konnte der Chefinspektor ihm nie nachweisen.

War es möglich, dass Putemko wieder auf freiem Fuß war? Kleinlich suchte in seinem Handy nach einer Nummer, die er schon lange nicht mehr angerufen hatte.

»Willi!«, hörte er die vertraute Stimme seines ehemaligen Kollegen Bernauer. »Was verschafft mir die Ehre?

Ist es dir jetzt doch zu langweilig in der Provinz, und du kommst wieder zurück?«

»Hallo, Berni. Nein, da muss ich dich leider enttäuschen. Mir gefällt es ganz gut hier, aber ...« Kleinlich stockte für einen Moment. Er mochte Bernauer, aber ihn jetzt um Hilfe zu bitten, kostete ihn einige Überwindung. Er war es gewohnt, seine Probleme alleine zu lösen. »Also, die Sache ist die ... kannst du mir sagen, ob Boris Putemko noch einsitzt?«

»Der Putemko? Keine Ahnung. Aber das müsstest du eigentlich besser wissen. Der wurde doch vor drei Jahren in die Justizanstalt Garsten verlegt. Das ist ja gleich bei dir ums Eck.«

Kleinlich verkrampfte sich. »Der sitzt jetzt in Garsten? Warum wurde ich da nicht informiert?«

»Warum hätte man dich darüber informieren sollen? Du hast nicht nur den Dienstort, sondern auch die Abteilung gewechselt.« Bernauer klang vorwurfsvoll. Kleinlichs Abgang aus Wien war damals sehr schnell gewesen. Er hatte sich nicht einmal von seinen Kollegen verabschiedet.

»Willi, ich weiß, dass du dir die Schuld am Tod von der Katja gegeben hast, aber von uns konnte da keiner was dafür. Und dass du dann regelrecht geflüchtet bis, haben dir einige Kollegen ziemlich krummgenommen. Ich hoffe, der Tapetenwechsel hat dir wenigstens geholfen.«

»Mir geht's gut. Danke. Wir hören uns«, sagte Kleinlich kurz angebunden und legte auf. Er hatte keine Lust, mit einem ehemaligen Kollegen, zu dem er jahrelange keinen Kontakt gehabt hatte, über sein Problem zu reden.

Er überlegte, ob er auf der Polizeiinspektion anrufen sollte, um in Erfahrung zu bringen, ob Putemko noch inhaftiert war. Nein, er wollte die Kollegen nicht neugierig machen. Das musste er morgen selbst in Erfahrung bringen.

Noch einmal nahm er die Karte in die Hand und drehte sie hin und her. Was wollte ihm der Absender damit sagen? Dass er seine Vergangenheit nicht einfach so zurücklassen konnte?

Es wurde eine unruhige Nacht für Kleinlich. Im Schlaf verfolgten in die Fragen und lange verdrängte Bilder. Er schreckte immer wieder auf, ging in die Küche, um sich ein Glas Wasser zu holen, oder auf den Balkon, und schaute in den sternenklaren Nachthimmel. Doch auch dort fand er keine Antworten. Das kommt davon, dachte er, wenn man Menschen und Gefühle an sich ranlässt. Man öffnet sich, und das macht verletzbar. Er wusste, dass seine Kollegen ihn für einen kauzigen Grantler hielten. Doch keiner von denen hatte sich je die Mühe gemacht, hinter seine Fassade blicken zu wollen. Nur die Mitzi hat sich getraut. Sie war wie ein Abrissbagger gegen die Mauern gefahren, die er zu seinem eigenen Schutz aufgebaut hatte. Doch im Leben gibt es leider nicht nur schöne Gefühle, und durch das Loch kamen eben auch die negativen rein.

Seine Gedanken wurden durch einen ohrenbetäubenden Knall unterbrochen. Auf dem Parkplatz vor dem Wohnsilo stand ein Auto in Flammen. Sein Auto.

Die Wanzi-Oma hat immer gesagt: »Die Vergangenheit ist wie ein Rucksack. Der eine tragt schwer daran, der andere spürt ihn kaum. Manche versuchen, den Rucksack loszuwerden, vergessen dabei aber, dass da drin ihr Leben ist.«

13.

Pünktlich um 7.45 Uhr am nächsten Morgen betrat Neuer die Polizeiinspektion. Er wollte unbedingt vor seinem Chef da sein, um ein paar Pluspunkte zu sammeln. Sein Erstaunen war groß, als er Kleinlich schon an Baumüllers Schreibtisch sitzen sah. Der Chefinspektor wirkte unausgeschlafen und gestresst.

»Chef, Sie sind schon da? Ist was passiert?«

»Morgen, Neuer«, antwortete Kleinlich kurz angebunden und deutete seinem Assistenten mit einer schnellen Handbewegung, ihm in sein Büro zu folgen.

»Machen S' die Tür bitte zu.«

Der Chefinspektor hatte *bitte* gesagt. Neuers Verwirrung und Neugier wurden immer größer.

Kleinlich räusperte sich. Er musste Neuer von den Geschehnissen der letzten Nacht erzählen, wusste aber noch nicht, wie viel davon.

»Also, bevor Sie es durch den Bürotratsch erfahren, heute Nacht wurde ein Anschlag auf mich verübt.«

Neuer schaute ihn erschrocken an und wollte etwas sagen, doch Kleinlich blockte ihn ab.

»Lassen Sie mich ausreden.« Er dachte noch einmal kurz nach und entschied sich dann, Neuer die ganze Wahrheit zu sagen. Wenn hinter dem Anschlag wirklich Boris Putemko steckte, und da war Kleinlich sich sicher, dann waren auch die Menschen in seiner Nähe in Gefahr. »Heute, um 2 Uhr in der Nacht, hat jemand mein Auto in Brand gesetzt. Ich vermute, es waren die Handlanger von Boris Putemko, eine Wiener Unterweltgröße. Ich habe ihn vor zehn Jahren ins Gefängnis gebracht, und vor drei Jahren wurde er nach Garsten verlegt. Keine Ahnung warum, aber das hat er bestimmt selbst arrangiert. Er soll nächste Woche entlassen werden, und das war wahrscheinlich seine Ankündigung für mich.«

»Aber warum macht er das? Rache? Für seine Inhaftierung?« Neuer war noch mehr verwirrt, weil Kleinlich ihn ins Vertrauen zog.

»Ja, das denke ich auch. Das war aber noch nicht alles. Als ich gestern nach Hause kam, fand ich eine Nachricht …« Er reichte Neuer die Karte. Der las sie und schaute ihn fragend an.

»Katja war eine Kronzeugin gegen Putemko. Sie wurde vor der Gerichtsverhandlung umgebracht. Ich konnte Putemko nie nachweisen, dass er dafür verantwortlich war.« Wieder machte Kleinlich eine Pause. Wie gefährlich war die Situation wirklich für Neuer? Oder für andere? Mitzi! Was, wenn Putemko ihr etwas antat? Oder Berti und Klara? Nein, er durfte nichts verschweigen. Er brauchte Neuer als Verbündeten. Und auch Baumüller. Alleine konnte er sie alle nicht vor Putemko beschützen. Er holte Baumüller in sein Büro und erklärte auch ihm die Lage. »Ich möchte, dass Sie zu Mitzi auf den Hof fahren. In Zivil. Putemko ist gefährlich. Nicht nur für mich. Er hat keine Skrupel.« Kleinlich legte seine Hand auf Baumüllers Schulter. In seinen Augen konnte der Inspektor die große Sorge sehen. Diese Seite von Kleinlich kannte Baumüller nicht, und das verstärkte für ihn den Ernst der Lage. »Ich weiß«, sprach Kleinlich weiter, »Sie hatten Nachtdienst, und es wäre eigentlich meine Aufgabe, der Mitzi alles zu erklären, aber wir dürfen unseren aktuellen Fall nicht vernachlässigen, und vor allem dürfen wir Putemko nicht zeigen, dass wir Angst vor ihm haben.«

Baumüller nickte. »Kein Problem, Chef. Ausruhen kann ich mich auf der Mitzi ihrer Ofenbank genauso, und das Frühstück dort lass ich mir nicht entgehen.« Er versuchte, scherzhaft zu klingen, doch auch ihm war die Anspannung anzusehen. Ohne ein weiteres Wort verließ er Kleinlichs Büro.

»Lassen S' mich noch einen Moment alleine, Neuer. Ich komme gleich nach, und dann fahren wir zur Frau Strassmaier.«

»Chef, wie können Sie nur so einfach zur Tagesordnung übergehen?«

»Weil ich muss, Neuer.« Kleinlich suchte nach den richtigen Worten. Er wollte seinem jungen Assistenten den Ernst der Lage klarmachen, ihn dabei aber nicht verschrecken. »In erster Linie will Putemko auf sich aufmerksam machen. Ob er sich wirklich an mir rächen will, wissen wir nicht. Wir werden ihm diese Aufmerksamkeit nicht schenken. Wenn wir Glück haben, schwindet sein Interesse.«

»Und wenn wir Pech haben?«

Daran will ich gar nicht denken, dachte Kleinlich und sagte: »Werden wir nicht.«

Alleine im Büro, versuchte Kleinlich, seine Gedanken zu beruhigen und zu sammeln. Er ging zum Fenster, öffnete es und atmete ein paar Mal tief ein uns aus, so wie die Mitzi es ihm gezeigt hatte. In der Scheibe sah er sein Spiegelbild. Obwohl es unscharf war, konnte er sein müdes Gesicht und die wirr vom Kopf abstehenden Haare erkennen. Er ging zur Toilette, wusch sich notdürftig und fuhr mit den Fingern durch seine Frisur. Das musste reichen.

Als er zurückkam, stand Neuer schon am Gang und wedelte mit den Autoschlüsseln. »Wir können gleich los. Hoffentlich ist die Frau Strassmaier zu Hause.«

»Haben Sie nicht bei ihr angerufen?« Kleinlich war wieder im Grantlermodus. Auch nur eine Schutzfunktion.

»Nein, ich wollte sie nicht aufschrecken«, antwortete Neuer und hielt dem Chefinspektor einen Plastikbecher mit Kaffee hin, den er hinter seinem Rücken versteckt hatte. Eine kleine Geste der Nachsicht und des Verstehens für das strenge Verhalten des Chefinspektors, die dieser annahm. »Wenn sie wirklich etwas mit dem Mord zu tun hat, könnte sie versuchen zu flüchten oder ein Alibi konstruieren.«

Während sie zum Auto gingen, stellte Kleinlich den Kragen seiner Jacke hoch und schlürfte am heißen Kaffee. Das Wetter machte dem April alle Ehre. Die sommerlichen Temperaturen waren in der Nacht stark gesunken, und es nieselte. In der Jackentasche spürte er sein Handy vibrieren. Er trank den Kaffee aus, warf den Becher in einen Mistkübel und setzte sich auf den Beifahrersitz, bevor er sein Handy aus der Jacke nahm. Eine Nachricht von der Mitzi war eingegangen. Sie fragte, ob er heute Nachmittag wieder zum Kaffeetrinken käme, sie hätte eine Neuigkeit wegen der Daniela Rauscher für ihn. Anscheinend war Mitzis Ermittlungsdrang größer als ihre Wut auf ihn.

Ach Mitzi, was hast du jetzt wieder angestellt, dachte er und schüttelte mit einem tiefen Seufzer den Kopf.

»Noch mehr Probleme, Chef?«

Kleinlich überlegte, ob er seinem Assistenten seine zusätzliche Sorge über Mitzis Einmischung mitteilen sollte. Warum nicht? Neuer hatte Mitzi schon einmal aus einer gefährlichen Situation befreit, in die sie sich durch ihre Neugier selbst gebracht hatte. Die Sache mit Putemko machte das Ganze noch schlimmer.

»Mitzi ermittelt wieder.« Seine Stimme sollte verärgert klingen, doch das gelang ihm nicht ganz.

»Und Sie machen sich Sorgen, dass es dieses Mal schlimm ausgehen könnte?« Manchmal überraschte Neuer seinen Chef mit seiner Einfühlsamkeit. »Ich glaube, Sie müssen keine Angst haben, Chef. Der Baumüller wird schon auf die Mitzi aufpassen, und inzwischen sind auch Berti und Klara da … und Sie gibt's ja auch noch.« Neuer war wie das Aprilwetter – zuerst eitler Sonnenschein und dann puff!, und der Hagel machte alle jungen Pflänzchen kaputt. Wobei, genau wie in der Natur, Neuers Worthagel nicht absichtlich zerstören wollte. Trotzdem schwieg Kleinlich für den Rest der Fahrt beleidigt.

Renate Strassmaier wohnte in einem kleinen Einfamilienhaus aus den 70er-Jahren. Es war das Haus ihrer Großeltern, das sie nach dem Tod ihrer Großmutter geerbt hatte. Renate war dort aufgewachsen, weil ihre Mutter nach Renates Geburt entschieden hatte, dass sie nicht bereit sei, ein Kind großzuziehen, und lieber mit ihrem damaligen Freund – ob er Renates Vater war, ist nicht bekannt – nach Mallorca auswanderte. Seitdem hatte Renate nie wieder von ihrer Mutter gehört und auch nie das Bedürfnis danach verspürt.

An dem Haus hatte Renate nur die notwendigen Sanierungen vorgenommen. Es war die Schutzburg ihrer Kindheit, der einzige Ort, an dem sie sich immer geliebt und willkommen gefühlt hatte. Darum stand noch immer eine Armee von Gartenzwergen zwischen den Bäumen und Sträuchern, die das Haus bewachten und beschützten, und die alte Schaukel hing am morschen Apfelbaum. Einzig die kleinen Feenpuppen aus bunter Filzwolle, die an unsichtbaren Fäden in den Zweigen baumelten, waren neu. Renate hatte sie selbst gebastelt. Es waren ihre Therapiepuppen. Jede einzelne hatte sie stellvertretend für ein überwundenes Trauma angefertigt. Es hingen viele Feenpuppen in den Bäumen.

Neuer drückte auf den Klingelknopf, und im Haus erklang das schrille Läuten einer alten Blechglocke, doch nichts rührte sich. Er schaute durch das kleine Fenster neben der Haustür, konnte aber durch den Vorhang nichts erkennen.

»Scheint niemand da zu sein.« Sein Finger lag schon am Klingelknopf für ein zweites Läuten, da ging das Licht im Haus an. Sie hörten, wie der Schlüssel im Schloss umgedreht wurde, und die Tür öffnete sich einen Spalt. Zwei verschlafene Augen schauten heraus. »Ja bitte?«, krächzte eine heisere Frauenstimme.

»Frau Strassmaier?«

Die Tür wurde ganz geöffnet, und vor ihnen stand eine junge blonde Frau im Bademantel. Die Haare zerzaust und im Gesicht ein Polsterabdruck. »Ja?«

»Kriminalpolizei.« Kleinlich und Neuer hielten ihre Ausweise in die Höhe. »Dürfen wir reinkommen?«

Der verschlafene Ausdruck im Blick der Frau wurde unruhig. »Ich … ich bin … Sie haben mich geweckt.« Nervös schaute sie nach hinten.

»Es wäre aber wichtig«, sagte Kleinlich und folgte

ihrem Blick. Er konnte noch sehen, wie die Tür am Ende des Flurs leise geschlossen wurde.

»Na gut, dann kommen Sie rein.« Renate Strassmaier trat zur Seite und ließ die Beamten eintreten, machte aber keinerlei Anstalten, sie weiter zu bitten. Sie verschränkte die Arme über der Brust und stellte sich breitbeinig mitten in den engen Flur. »Wie kann ich Ihnen helfen?«

»Kennen Sie Daniela Rauscher?«, fragte Neuer, und Kleinlich beobachtete genau Renates Reaktion. Ihr Blick wurde kalt und hart.

»Das wissen Sie doch schon, sonst wären Sie nicht hier.«

»Wir sind hier, weil Ihr Auto am Donnerstag in der Früh am Parkplatz am Damberg stand«, sagte Kleinlich. »Dass Sie Daniela Rauscher kennen, haben Sie uns gerade bestätigt.«

»Sagen Sie ruhig, dass ich sie kannte. Ich weiß, dass sie tot ist.« Renates Stimme wurde genauso kalt und hart wie ihr Blick. »Und das tut mir kein Bisschen leid. Sie hat mein Leben zerstört.«

»Frau Strassmaier, bitte ziehen Sie sich an. Wir werden das Gespräch auf der Polizeiinspektion fortsetzen.«

Während Renate nach hinten in das Zimmer am Ende des Flurs ging, schickte Kleinlich Neuer in den Garten. »Passen Sie auf, dass sie nicht durch das Fenster abhaut.«

Die Vorsicht war unnötig. Schon nach wenigen Minuten tauchte Renate wieder im Flur auf. Sie trug jetzt Jeans, eine dicke Wolljacke und Turnschuhe.

»Von mir aus können wir.« Sie schaute Kleinlich herausfordernd in die Augen, und er meinte, auch Erleichterung zu sehen. Er öffnete die Haustür und trat hinaus. Neuer kam um die Hausecke gelaufen, und stellte sich dicht zu ihm. »Ich glaube, da war noch jemand im Haus«, flüsterte er. »Die Person ist durch das Schlafzimmerfenster geflüchtet. Das Blumenbeet darunter ist zertrampelt, und ich habe ein Motorrad wegfahren gehört.«

Kleinlich nickte. Das deckte sich mit seiner Beobachtung der Schlafzimmertür und Renates gehetztem Blick. Ob sie Besuch von Manfred Rauscher hatte? Er konnte sich das nicht vorstellen. Der Mann war nach der Nachricht vom Tod seiner Tochter völlig zusammengebrochen. Anscheinend gab es da noch einen Mann in Renates Leben.

Die hatte inzwischen die Haustür abgeschlossen und war, ohne auf die Beamten zu achten, zum Polizeiauto gegangen. Dort blieb sie bei der Beifahrertür stehen und wippte ungeduldig mit dem rechten Fuß. Kleinlich hatte nicht den Eindruck, dass sie ängstlich oder angespannt war. Entweder war sie eine sehr gute Schauspielerin oder sie hatte mit dem Mord wirklich nichts zu tun. In seiner Jackentasche vibrierte wieder sein Handy. Eine weitere Nachricht von Mitzi. Sie schrieb, dass er wahrscheinlich sehr beschäftigt sei und heute keine Zeit habe für Kaffee und Kuchen, aber das machte nichts, weil sie sowieso noch was erledigen müsse. In Kleinlich schrillten sämtliche Alarmglocken. Er schrieb eine Nachricht an Baumüller mit der Bitte, dieser möge auf Mitzi aufpassen. Für weitere Vorsichtsmaßnahmen blieb keine Zeit.

Auf der PI führte Kleinlich Renate nicht wie üblich in sein Büro, sondern in das kleine Verhörzimmer im zweiten Stock. Er wollte absichtlich eine gemütliche Gesprächsatmosphäre vermeiden. Seine Erfahrung sagte ihm, dass Renate sich in dem kalten und leeren Raum unwohl fühlen würde und dann eher bereit wäre, schnell zu kooperieren. Und die Erfahrung täuschte ihn nicht. Schon beim Eintreten sank Renates erhobener Kopf nach unten. Die Spannung wich aus ihrem Körper, und sie musste sich am Tisch festhalten. Langsam setzte sie sich auf den Stuhl, den Neuer ihr hinschob. Nur auf der äußersten Kante, so als wäre die Sitzfläche heiß, die Arme um ihren Oberkörper geschlungen, das Kinn tief im Kragen der Wolljacke vergraben.

»Können wir nicht woanders reden?«, fragte sie mit brüchiger Stimme.

Kleinlich setzte sich ihr gegenüber, Neuer blieb hinter ihm an die Wand gelehnt stehen.

»Wenn Sie uns ehrlich erzählen, was Sie am Donnerstag morgens am Damberg gemacht haben, sind wir schnell wieder draußen.« Es widerstrebte dem Chefinspektor, derartige Verhörmethoden anzuwenden, aber er wusste auch, dass sie manchmal sehr effektiv waren.

»Ich war nur joggen dort!« Renate war den Tränen nahe. Dieser Raum holte eine tief vergrabene Erinnerung in ihr hoch, und sie wollte so schnell wie möglich raus hier. »Das mache ich mindestens drei Mal in der Woche.«

»Und Sie haben Daniela Rauscher nicht dort getroffen?«

»Getroffen nicht ...«, Renate richtete sich auf und legte die Hände auf ihre Oberschenkel, »... aber gesehen.«

Kleinlich bemerkte die offene Körperhaltung von Renate. Ein Zeichen, dass sie bereit war, die Wahrheit zu sagen.

»Wo haben Sie Daniela gesehen?«

»Ich laufe immer entlang der Kuhwiese zur Kapelle hinauf. Das ist zwar ziemlich steil, aber dafür bin ich dann gut aufgewärmt. Um diese Zeit ist es sehr ruhig dort oben, und wie ich circa bei der Hälfte war, habe ich ein Auto gehört und gesehen, wie Daniela ihr Auto geparkt hat.«

»Sie haben sie gleich erkannt?«

»Den Menschen, der dein Leben zerstört hat, vergisst du niemals.« Wieder wurde Renates Stimme hart, und tiefe Bitterkeit schwang in ihren Worten.

»Was genau meinen Sie damit, Frau Strassmaier?«

Renate zögerte. Es fiel ihr sichtlich schwer, darüber zu sprechen. »Daniela und ich sind zusammen in die Hauptschule gegangen. Sie war immer schon sehr hübsch, trug Markenkleidung, war jedes Jahr Klassensprecherin, und die Jungs rissen sich um sie.« Sie machte eine Pause und schluckte ein paar Mal. Ihr Hals war trocken. »Kann ich bitte ein Glas Wasser haben?«

Neuer ging nach draußen und kam kurz darauf mit einem Krug Wasser und drei Gläsern zurück. Er stellte alles auf den Tisch und füllte die Gläser. Renate nahm vorsichtig ein Glas in beide Hände, trank es, ohne abzusetzen, aus und stellte es zurück auf den Tisch.

»Ich war das Gegenteil von Daniela. Meine Großeltern haben versucht, den Verlust meiner Mutter mit Essen auszugleichen, daher war ich schon im Kindergarten dick. In der Schule kamen die gemeinen Hänseleien meiner Mitschüler dazu, und anstatt abzunehmen, habe ich mir einen noch dickeren Panzer angefressen. Daniela war natürlich auch hier die Anführerin. An guten Tagen nannte sie mich Nilpferd oder Babyelefant, das prallte aber mit der Zeit an meiner Fettschutzschicht ab. An schlechten Tag, die sie immer dann hatte, wenn etwas nicht nach ihrem Kopf ging, war ich die blade Sau. Die anderen machten natürlich mit, weil sie dann von Danielas Bosheiten verschont blieben. Eines Tages hatte Daniela extrem schlechte Laune, weil sie von einem älteren Jungen einen Korb bekommen hatte, und sie suchte nach einem Ventil für ihren Ärger. Dieses Ventil war ich. Sie und ihre Freundinnen passten mich nach dem Turnunterricht in der Garderobe ab und nahmen mir meine Kleidung weg. Dann zwangen sie mich nur in der Unterwäsche in den Schulhof hinaus.« Renates Stimme versagte. Die Erinnerung an dieses Erlebnis war eine, die noch keine Feenpuppe hatte. Glasklar, als wäre es erst gestern passiert, standen die Bilder in ihrem Kopf. Sie hörte das Gelächter der Mitschüler, die Schimpfwörter, sah die obszönen Gesten der Jungs. Es hatte lange gedauert, bis endlich eine Lehrerin kam, und sie aus ihrer Situation befreite. Daniela hatte natürlich keine Strafe bekommen, weil sie reumütig ein paar Tränen aus ihren rehbraunen Augen drückte, und ihr Vater auf den Tod von Danielas Mutter hinwies, der bei Daniela ein frühkindliches Trauma hinterlassen hatte.

»Meine Großeltern haben mich von der Schule genommen, und zu Hause unterrichtet. Ich weiß, sie haben es gut gemeint, aber dadurch wurde ich noch mehr sozial isoliert. Zwei Monate nach meinem 20. Geburtstag sind beide kurz hintereinander verstorben, und ich hatte niemanden mehr. Für mich gab es damals nur zwei Möglichkeiten – mich umbringen, oder mir Hilfe suchen. Ich habe mir Hilfe gesucht, abgenommen, studiert, Therapie gemacht.« Renate füllte noch einmal ihr Glas und trank es wieder in einem Zug aus. »Vier Jahre habe ich dafür gebraucht. Und als ich dachte, das liegt endlich alles hinter mir, habe ich auf *Facebook* von dem Vortanzen für die *Dirndlschupfer* gelesen, und Daniela hat mir frech entgegengegrinst. Da ist die ganze Wut wieder hochgekommen, und ich habe mich angemeldet. Ich wollte sie demütigen, so wie sie mich damals gedemütigt hat. Beim Abnehmen habe ich viel Gymnastik gemacht, um die Muskeln zu straffen. Ich wusste, dass ich gut bin, vielleicht sogar besser als sie, und ich habe dann in ihren Augen gesehen, dass sie das auch erkannt hat. Nur mich hat sie nicht erkannt, mich wieder gedemütigt vor ihren Mädls.« Renate verstummte. Es war, als würde all die angestaute Wut aus ihr entweichen. Ihr Racheplan hatte nicht funktioniert, ihre Peinigerin war tot, die Wut war nutzlos geworden.

»Frau Strassmaier …«, Kleinlich beugte sich vor und schaute Renate fest in die Augen, »… haben Sie Daniela Rauscher vom Aussichtsturm gestoßen?«

Renate schüttelte nur müde den Kopf. »Das wäre gar nicht möglich gewesen, sie war ja nicht alleine unterwegs.«

»Es war jemand bei ihr?« Neuer fuhr aus seiner Zuhörerposition und setzte sich neben Kleinlich. »Wer?«

Renate zuckte mit den Achseln. »Gekannt habe ich den nicht. Ein junger blonder Mann. Schlank.«

»Und den hat Daniela bei der Warte getroffen?«

»Nein, der ist schon mit ihr aus dem Auto gestiegen.«

Die Wanzi-Oma hat immer gesagt: »Verlass dich ned auf den ersten Eindruck, Mitzi, der kann einen furchtbar täuschen.«

14.

Mitzi wusste von den ganzen Sorgen um ihre Person nichts. Bevor Baumüller bei ihr am Hof ankam, war sie schon unterwegs.

Sie hatte lange überlegt, unter welchem Vorwand sie die Familie Krauskopf aufsuchen könnte. Schließlich entschied sie sich für die silberne Servierplatte, die sie nach der letzten Cateringlieferung an die *Lederhosenklatscher* nicht zurückbekommen hatte.

Sie stieg in ihren grünen Jeep und machte sich auf den Weg quer durch die Stadt. Die Krauskopfs wohnten am Fuße des Dambergs in einer kleinen Villensiedlung. Mitzi parkte den Wagen am Straßenrand und blieb einen Moment sitzen. Schön ist das Haus wirklich nicht, dachte sie. Mit den zwei Türmchen an den Ecken und den gemauerten Zinnen auf der Dachterrasse schaut es aus wie ein normales Haus, das gerne ein Schloss sein möchte. Mehr Schein als Sein, ganz wie seine Bewohner.

Beim ersten Klingeln passierte nichts, erst nach dem zweiten Ding-Dong hörte Mitzi schlurfende Schritte hinter der Haustür, und Gerlinde Krauskopf öffnete.

Mitzi erschrak. Sie hatte Gerlinde nur wenige Male gesehen, da war diese immer perfekt gekleidet, frisiert und geschminkt gewesen. Jetzt stand eine völlig desolate Frau vor Mitzi. Gerlinde trug einen ausgeleierten Pyjama, ihre Haare standen wirr vom Kopf, ihr Gesicht war blass, und sie hatte dicke schwarze Ringe unter den Augen.

»Frau Krauskopf, geht's Ihnen ned gut?« Mitzi war wirklich besorgt.

Gerlinde Krauskopf reagiert nicht auf Mitzis Frage, sondern schaute einfach durch sie hindurch. Plötzlich schwankte sie leicht und musste sich an dem kleinen Stehtisch neben der Tür festhalten. Mitzi packte sie am Arm. »Kommen S', wir gehn in die Küche, und i mach' Ihnen einen starken Kaffee.« Widerstandlos ließ sich Gerlinde von Mitzi in die große Wohnküche führen. Auch die war völlig übertrieben konzipiert. Schwarze glänzende Küchenschränke, eine schwarze Marmorarbeitsplatte, ein doppeltüriger Edelstahlkühlschrank mit Eiswürfelbereiter, eine frei stehende Kochinsel mit Extra-Grillplatte neben dem Ceranfeld und eine überdimensionale Espressomaschine. Dazu im augenschmerzenden Kontrast eine weiße Eckbankgruppe mit Ledersitzflächen, auf der mindestens 20 Leute Platz hatten. Ansonsten keinerlei Dekoration, keine Blumen, kein herumstehendes Geschirr, nichts. Mitzi lief ein kalter Schauer über den Rücken, und sie dachte wehmütig an ihre gemütliche Holzküche.

Gerlinde ließ sich auf einen der unbequem aussehenden Stühle fallen, und Mitzi versuchte, dem Espressoungetüm einen Kaffee zu entlocken, was ihr auch gelang. Sie stellte die Tasse vor Gerlinde, und setzte sich zu ihr. »Kommen S', Frau Krauskopf, trinken S' den Kaffee, der wird Ihnen guttun.« Da Gerlinde keine Anstalten machte zu trinken, nahm Mitzi die Tasse in die Hand und flößte ihr den Kaffee schluckweise ein. »I weiß ja, dass des alles a bissal viel war, für Sie und Ihre Familie. Wie geht's denn dem Didi? Hat er sich schon dafangen? Und wo is denn Ihr Mann? Der sollt' sich a bissal kümmern um Sie.«

»Mein Mann?« Gerlinde schaute Mitzi verwirrt an, und begann plötzlich hysterisch zu lachen. »Mein Mann? Sich um mich kümmern? Der alte Hurenbock kümmert sich wahrscheinlich gerade um seine nicht mehr vorhandene Potenz und beglückt ein paar Puffdamen mit meinem Geld, weil mit was anderem geht's eh schon lange nicht mehr!«

Mitzi hielt die Luft an. Jetzt bloß nix Falsches sagen, vielleicht plauderte Gerlinde dann noch mehr Familiengeheimnisse aus. Doch genauso schnell, wie Gerlindes Ausbruch angefangen hatte, war er auch vorbei, und sie verfiel wieder in die anfängliche Lethargie.

Jetzt war Mitzi etwas ratlos. Sie konnte Gerlinde in diesem Zustand doch nicht alleine lassen. Sollte sie die Rettung anrufen? Oder Kleinlich?

Die Entscheidung wurde ihr von Dietmar Krauskopf senior abgenommen, der in diesem Moment nach Hause kam.

»Wer sind Sie und was machn Sie in meinem Haus?«, lallte er, und kam drohend auf Mitzi zu. Die hatte in ihrem Leben schon genug Erfahrung mit betrunkenen Ehemännern gesammelt und wusste, dass Dietmar einen Alkoholpegel hatte, der ihn ungefährlich machte. Um wirklich handgreiflich gegen die Mitzi zu werden, war er schlicht und einfach zu besoffen. Also packte die resolute Mitzi Dietmar an den Schultern und verfrachtete ihn auf die Eckbank neben seiner Frau, wo er sogleich die Arme auf den Tisch legte, seinen Kopf darauf bettete und ins Traumland verschwand. Damit war dieses Problem gelöst, Mitzi wusste aber immer noch nicht, was sie mit Gerlinde tun sollte.

»Kommen S', Frau Krauskopf, i glaub, es is besser, wenn S' Ihnen niederlegn.« Von oben hörte Mitzi eine

Tür schlagen. »Is der Didi daheim? Soll i den holn?« Gerlinde schüttelte den Kopf.

»Nein, ned der Bub …«, flüsterte sie, »… i bin schuld.« Dann ließ sie Mitzi einfach stehen und ging ins Obergeschoss.

Ja, san denn die alle narrisch hier, fragte sich Mitzi. Sie wollte ihr Handy nehmen und Kleinlich anrufen, musste aber feststellen, dass sie es zu Hause vergessen hatte.

Mitzi wanderte langsam durch das Erdgeschoss. Was hat die Gerlinde bloß damit gemeint, dass sie schuld ist? Schuld, dass ihr Mann ins Puff geht? Oder dass der Didi mordverdächtig ist? Oder war sie vielleicht sogar selbst schuld am Tod von Daniela? Im Wohnzimmer betrachtete Mitzi die unzähligen Familienfotos. Die meisten zeigten Dietmar senior beim Schuhplatteln, aber die waren schon etwas älter und Dietmar noch um einiges schlanker. Auf den neueren war dann auch schon Dietmar junior mit dabei. Zuerst noch als kleiner Bub an der Hand seines Vaters, dann schon als Anführer der Plattlerformation. Gerlinde war auf keinem Foto zu sehen. Ein Foto zog Mitzi an. Es zeigte die *Lederhosenklatscher* bei einer Siegerehrung. Auf dem Pokal stand »Bezirkswettbewerb Mostviertel März 2022«, das war vor einem Monat gewesen. Dietmar hatte es vergrößern und einrahmen lassen. Die protzigen Schuhplattler fand Mitzi nicht interessant, aber das verliebte Pärchen neben der Bühne erregte ihre Aufmerksamkeit. Die junge Frau auf dem Schoß des blonden Mannes war eindeutig Daniela Rauscher, und den jungen Mann hatte Mitzi schon auf einem anderen Foto gesehen.

Als Mitzi wieder zu Hause ankam, rannte Berti aufgeregt im Innenhof hin und her. Kaum hatte Mitzi den Jeep abgestellt, lief er zur Fahrertür und riss sie auf. »Mei, Mama, wo warst denn du? Du kannst doch ned einfach wegfahrn und nix sagn! Der Willi hat auch schon angerufen. Wir habn uns solche Sorgen um dich g'macht!«

Im gleichen Moment kam auch Baumüller angelaufen.

»Frau Eisenhuber, geht's Ihnen gut? Alles in Ordnung?«

»Ja, Herr Baumüller, was machn denn Sie bei uns?« Die Unruhe der beiden Männer übertrug sich auf Mitzi. »Ist dem Willi was passiert?«

»Nein, nein, mit dem Chef ist alles in Ordnung. Ich wollt mich nur für die guten Rosinenstriezel bedanken.« Baumüller hatte beschlossen, dass er es Kleinlich überlassen wollte, Mitzi über die Sache mit dem Anschlag aufzuklären.

Mitzi drückte Berti zur Seite und stieg aus. »Geh Bub, wieso habt's euch denn Sorgen g'macht? I wollt doch nur a Servierplatte abholn, die i beim letzten Catering vergessn hab.« Dass sie bei den Krauskopfs gewesen war, verschwieg Mitzi lieber. »Hat die Klara schon was kocht? Wenn ned, dann mach i uns jetzt a gute Gemüsesuppn.« Beim Reingehen drehte sie sich noch einmal um, und rief: »Sie bleibn doch auch zum Essen da, Herr Baumüller? Und rufn S' den Willi an! Vielleicht mag der auch eine Suppn.«« Sie rauschte Richtung Küche und tippte Berti im Vorbeigehen auf die Brust. »Und du bringst mir dein Fotoalbum von der Hauptschule.«

Berti lief ihr nach. »Was willst denn mit meinem Fotoalbum?«

»Nur was nachschaun, Bub, nur was nachschaun.«

In der Küche stand Klara und schnitt das Gemüse für die Suppe.

»Ja Mädl, hast du g'wusst, dass i heut a Gemüsesuppn möcht?«

Klara lachte. Auch ihr hatte Baumüller noch nichts gesagt. Nur Berti wusste Bescheid. »Nein, Mitzi, aber dass du heute was Leichtes zum Essen brauchst. Deine Neugier liegt dir wahrscheinlich eh schon schwer genug im Magen.«

»Ned frech werdn«, drohte Mitzi ihr scherzhaft. Sie wusch sich die Hände und stellte einen großen Topf mit Wasser auf den Herd. Klara warf das Gemüse hinein und gab den Deckel auf den Topf. Währenddessen kam Berti mit dem Fotoalbum in die Küche.

»Und was möchtest da drin jetzt nachschaun?«

Mitzi setzte sich zum Esstisch und blätterte in dem Album.

»Du hast doch a Fotos von euerm ersten Klassentreffn drin. Des habt's ihr schon nach fünf Jahr g'macht. I halt' des ja für an Blödsinn, so bald. Da hat ma sie noch gar nix zum Erzähln, und …«

»Mama, bitte!«, unterbrach Berti sie ungeduldig. »Was genau suchst du?«

Da«, triumphierend zeigte Mitzi auf ein Foto, »ich hab's gewusst, dass i den jungen Burschen schon mal g'sehn hab!«

Die Wanzi-Oma hat immer gesagt: »Spiel' ned mit dem Feuer, Mitzi! Da kannst dir gehörig die Finger verbrennen.«

15.

Eine Stunde später saß Kleinlich mit am Esstisch. Inspektor Baumüller hatte ihn angerufen und ihm auch gebeichtet, dass er der Mitzi nichts erzählt hatte. »Ich kann das ned, Chef. Das müssen Sie machen. Sie stehen der Frau Eisenhuber doch viel näher.« Daraufhin hatten sie beschlossen, Mitzi und Klara vorläufig nichts zu sagen, und Baumüller musste Berti anweisen, das auch nicht zu tun. »Ich werde Neuer bitte, uns bei der Überwachung vom Eisenhuber-Hof zu helfen. Die Kollegen aus Linz kümmern sich um Putemko und den Anschlag. Sie haben mir versprochen, dabei nicht zu viel Wind zu machen. Der Presse konnten wir glaubhaft versichern, dass es sich um einen Defekt an meinem Wagen handelte, der das Feuer verursacht hat. Bis wir was Neues aus Linz erfahren, kümmern wir uns ausschließlich um den Fall Daniela Rauscher.«

Jetzt saßen sie alle rund um den Tisch, und Mitzi füllte die dampfend heiße Suppe in die Teller.

»Du, Willi, i muss dir unbedingt was erzähln …«

»Kann das bis nach dem Essen warten? Ich hab' heute noch nicht einmal gefrühstückt.« Gierig fing er an zu essen und verbrannte sich natürlich die Zunge. Mitzi ging zum Kühlschrank und goss kalte Milch in eine Tasse. »Da, trink, des hilft.« Kleinlich verzog angewidert das Gesicht. Milch hatte er zum letzten Mal als Kind getrunken, und da schon nicht gerne. Der Mitzi zuliebe trank er die Tasse leer, und verspürte sofort Erleichterung, aber der Hunger war ihm vergangen.

»Was wolltest du mir denn erzählen, Mitzi?«

Mitzi stellte ihren Teller zur Seite und nahm das Fotoalbum zur Hand.

»Da, schau, den Buben hab i heut auf einem Foto im Wohnzimmer von den Krauskopfs g'sehn ...« Erschrocken hielt sie sich die Hand vor den Mund.

Auf Kleinlichs Stirn bildeten sich Zornesfalten. »Du warst im Haus der Familie Krauskopf?«, schrie er zeitgleich mit Berti. Baumüller versteckte sein Gesicht tief im Suppenteller. In die Familienstreitigkeiten wollte er sich nicht einmischen.

»Mama, spinnst du?«

»Ja wirklich, Mitzi!«

Mitzi schaute beleidigt auf die beiden Männer. »Wie redt's denn ihr mit mir? I wollt doch nur meine Servierplattn holn. I kann doch nix dafür, dass der Krauskopf mir mei Plattn ned z'rückgebn hat.« Inzwischen glaubte Mitzi schon selber, dass sie eine ihrer teuren silbernen Platten bei den Krauskopfs vergessen hatte.

»Mitzi, bitte, ein für alle Mal«, flehte Kleinlich, »halt dich aus meinen Ermittlungen raus!« Er legte den Arm um sie. »Ich meine das doch nicht böse. Ich mach mir nur Sorgen um dich. Ich will dich nicht noch einmal halb tot aus einer finsteren Höhle retten müssen. Bitte versprich mir, dass du damit aufhörst.«

»Gut, ich versprech's dir.« Mitzi war augenblicklich versöhnt. »Aber, das eine muss i dir noch erzähln.« Sie zeigte wieder auf das Foto in Bertis Album. »Schau, der blonde Bub da, der war wie g'sagt auf einem Foto von einer Siegerehrung der *Lederhosenklatscher*. Ned als

Schuhplattler, sondern im Hintergrund is er g'sessen, und auf dem Schoß hat er die Daniela g'habt. Ganz verliebt habn's busserlt.«

Kleinlich nahm das Fotoalbum und schaute genauer hin. »Wer ist das?«

»Der Flori, Florian Trauner«, antwortete Berti.

»Flori? Lena Steiners Verlobter?«

»Genau der! Sag, Mama, täuscht du dich da ned? Der Flori und die Lena sind seit der Hauptschule ein Paar, und nächstes Jahr wollen's heiraten. Der würde doch nie so in aller Öffentlichkeit mit einer anderen Frau schmusen.«

»Wäre es besser, wenn er es heimlich macht?«, mischte sich Klara in das Gespräch ein. Streng schaute sie auf Berti, der die Eifersucht in ihren Augen aufblitzen sah. »Nein, natürlich ned«, sagte er schnell, »aber ich kann doch nichts dafür, dass er es g'macht hat.«

»Wenn ich erfahren würde, dass du eine andere küsst, würde nicht nur dein Kopf Bekanntschaft mit meinem Holzschuh machen«, drohte ihm Klara, wobei sie jedoch lächelte. Berti und sie waren noch immer in der Verliebtheitsphase, die bei manchen Paaren länger hält als bei anderen, und nur wenige schaffen es in die Phase der Liebe, weil es einfach so viele unterschiedliche Vorstellungen der Liebe gibt, dass man damit Millionen von Büchern füllen könnte. Nur hat die Realität mit diesen Geschichten meistens wenig bis gar nichts gemeinsam. Wie das halt so ist mit Geschichten.

Kleinlich stand auf. »Ich muss noch einmal weg. Baumüller, Sie können noch bleiben und in Ruhe aufessen.«

Der Inspektor verstand den Wink mit dem Zaunpfahl. »Passt schon, Chef. Der Berti will mir eh noch bei meinem Auto helfen. Da hat's was mit dem Motor.« Die Männer nickten sich verstehend zu. Baumüller würde so lange am Hof bleiben, bis entweder Kleinlich oder Neuer ihn ablösten.

»»Darf ich das Foto mitnehmen?«, fragte Kleinlich und streckte die Hand aus.

Mitzi löste das Bild vorsichtig aus dem Album und gab es ihm. Grußlos verließ er das Haus und wollte gerade in sein Auto einsteigen, als die Mitzi ihm nachrief. »Willi, i muss dir noch was sagn! Wie i bei den Krauskopfs war. Du, die Frau Krauskopf, die war ganz komisch. I glaub', die will …«

»Später, Mitzi, später!«, winkte Kleinlich ab und fuhr vom Hof. Er schaute in den Rückspiegel. Mitzi stand noch immer am Hoftor und schaute ihm nach. Ich werde mich von dir nicht einschüchtern lassen, Boris. Wenn du denkst, du kannst mir drohen, wird einer von uns zwei nicht lebend aus diesem Kampf rauskommen. Und ich werde das sicher nicht sein. Noch nie in seinem Leben hatte Kleinlich so eine Wut in sich gespürt. Er war immer der Meinung gewesen, dass man im Leben nur mit einem kühlen Kopf weiterkommt und heiße Gefühle nicht dazu passen. Diese Meinung musste er nun revidieren. Seine Wut war heiß, aber sein Kopf völlig klar. Putemko würde nicht gewinnen.

Vom Auto aus rief Kleinlich seinen Assistenten an. »Neuer, ist die Renate Strassmaier noch auf bei Ihnen auf der Inspektion?«

»Tut mir leid, Chef. Ich wollte Sie auch gerade anrufen. Als Sie weg waren, ist die Frau Strassmaier zusammengebrochen. Wir mussten sie ins Krankenhaus bringen, und der Arzt hat ihr ein starkes Beruhigungsmittel gegeben. Vor morgen früh können wir nicht zu ihr.«

Kleinlich schlug mit der Faust auf das Lenkrad. »Mist!«, fluchte er.

»Haben Sie was Neues herausgefunden?«

»Ist schon gut, Neuer. Machen Sie Schluss für heute. Das muss bis morgen warten.« Er blieb vor dem alten Theater stehen. Eigentlich sollte er wieder zurück zur Mitzi fahren, aber er konnte nicht einfach untätig herumsitzen, während Putemko vielleicht schon den nächsten Anschlag plante. Er musste sich selbst darum kümmern und jemand anderen bitten, Baumüller am Eisenhuber-Hof abzulösen.

Noch einmal wählte er Neuers Nummer.

Die Wanzi-Oma hat immer gesagt: »Es gehören immer zwei zum Heiraten und zwei zum Scheidenlassen, aber es ist halt einfacher, wem anderen die Schuld zu geben, wenn das eigene Leben ned funktioniert.«

16.

Am nächsten Morgen war Kleinlich schon vor Neuer im Büro. Er rief im Krankenhaus an und erkundigte sich nach Renate Strassmaiers Zustand. Die diensthabende Ärztin sagte, dass Renate fit genug für eine Befragung sei. Auf dem Weg zum Dienstwagen rief er seinen Assistenten an. »Neuer, wo sind Sie denn?«, blaffte er ins Telefon, als dieser sich meldete. »Wir müssen dringend zur Frau Strassmaier ins Krankenhaus.« Jemand tippte ihm von hinten auf die Schulter. Er fuhr herum und prallte gegen Neuer.

»Ich bin schon die ganze Zeit hinter Ihnen, Chef«, sagte Neuer in sein Handy. »Sie haben mich gar nicht gesehen. Stimmt was nicht?«

»Warum haben Sie sich nicht gleich bemerkbar gemacht?«, schnauzte Kleinlich ihn ebenfalls durchs Handy an. Beide schauten auf ihre Telefone und steckten sie dann ein.

»Ich wünsch Ihnen auch einen guten Morgen, Chef.« Neuer war verärgert. Er hatte die ganze Nacht vor Mitzis Hof im Auto gesessen und aufgepasst. Also, nicht die ganze. Um 3 Uhr hatte Baumüller ihn abgelöst, und Neuer konnte noch für ein paar Stunden sein Kopfkissen küssen. Der Chef hat sich ja vor der Überwachung gedrückt, dachte er. Obwohl – der schaut gar nicht gut aus. Ich glaube, der hat überhaupt nicht geschlafen.

»Geht's Ihnen gut, Chef?« Neuers Ärger war verflogen.

Kleinlich winkte ab. »Jetzt nicht, Neuer. Ich habe einen Hinweis bekommen, dass Daniela Rauscher ein Verhältnis mit Florian Trauner, dem Verlobten von Lena Steiner, hatte. Möglicherweise ist er der Mann, der am Morgen des Mordes mit ihr am Parkplatz vor dem *Schramml-Wirt* aus dem Auto stieg. Ich möchte Frau Strassmaier ein Foto von Florian zeigen. Vielleicht erkennt sie ihn.« Er gab Neuer das Bild.

»Soso, einen Hinweis«, grinste der, als er darauf Berti erkannte und natürlich sofort wusste, von wem der Hinweis gekommen war, wurde aber sofort wieder dienstlich. »Dann ist er der Mörder von Daniela Rauscher?«

»Er hätte zumindest ein Motiv, falls er Lena Steiner trotzdem heiraten möchte und Angst hatte, dass Daniela ihr alles erzählt. Rufen Sie auf jeden Fall am Posten an. Die sollen den Herrn Trauner ausfindig machen und zur Befragung auf die PI bestellen.«

»Können Sie das nicht machen? Ich muss mich auf den Verkehr konzentrieren, und Sie wollen ja nicht fahren.«

Kleinlich hätte Neuer gerne einen Vortrag gehalten, wie er die Aufgabenteilung zwischen Chef und Assistent sah, doch dann hätte der ihm wahrscheinlich wieder einen Gegenvortrag gehalten über seine dinosauriermäßigen Ansichten zur Polizeiarbeit, und dass sich das inzwischen geändert habe. Und dann wäre sich Kleinlich wieder uralt vorgekommen. Also ließ er es bleiben und rief stattdessen selbst die Kollegen an, damit die sich um die Einbestellung von Florian Trauner kümmerten.

Im Krankenhaus trafen sie auf eine blasse, aber ruhige Renate Strassmaier. Kleinlich gab ihr das Bild aus Bertis Fotoalbum.

»Ist einer der Männer auf diesem Bild der Mann, der am Damberg mit Daniela Rauscher aus dem Auto gestiegen ist?« Er deutete absichtlich nicht auf Florian Rauscher, um Renate nicht bei ihrer Entscheidung zu beeinflussen.

Die zeigte sofort auf Florian. »Ja, der da! Der war es ganz sicher.«

»Aber kennen Sie den nicht von früher? Sie sind doch auf die gleiche Schule gegangen?«

»Aber nicht bis zum Schluss. Ich habe Ihnen erzählt, dass meine Großeltern mich aus der Schule nahmen nach diesen Vorfällen. Und so, wie ich damals ausgeschaut habe, haben sich die Jungs für mich nicht interessiert. In den Pausen habe ich mich so gut wie möglich versteckt, um den Hänseleien der anderen Schüler zu entgehen, und nach der Schule bin ich sofort nach Hause. Aus dem gleichen Grund. Ich hatte außerhalb des Unterrichts keinen Kontakt zu meinen Mitschülern.«

Renate schloss für einen Moment die Augen. Sie war müde. Müde von den Beruhigungsmitteln, müde von diesem Gespräch, müde von dem jahrelangen Kampf gegen die Anfeindungen der Menschen und um ihre Liebe und Aufmerksamkeit.

Kleinlich nahm das Foto wieder an sich. »Wir stören Sie dann auch nicht länger. Danke, Sie haben uns sehr geholfen.«

Bei der Tür drehte er sich noch einmal um. »Frau Strassmaier, Sie fahren doch einen roten Fiat 500. Oder?«

Renate und auch Neuer schauten in fragend an.

»Mir kam da gerade eine Erinnerung. Als wir den Eltern von Daniela Rauscher die Nachricht vom Tod ihrer Tochter überbrachten, stand genauso einer auf dem Parkplatz vor der *Kurios-Versicherung*. Sind Sie eine Kundin?«

»Ich? Wieso … ich … nein …«, stotterte Renate und knetete hektisch ihre Bettdecke.

Kleinlich fixierte ihren Blick und nickte.

Vor der Tür des Krankenzimmers blieb Neuer stehen. »Was war denn das, Chef?«

»Können Sie sich noch erinnern, als Herr Rauscher das Fenster geöffnet hat? Da waren seine Haare zerrupft und sein Hemd war offen. Ich dachte mir damals schon, dass er vielleicht Frauenbesuch hatte, aber nicht von seiner Frau.«

»Und jetzt glauben Sie, diese Frau war Renate Strassmaier?«

»Ja, ich denke, Frau Strassmaier hatte sich schon an Daniela Rauscher gerächt.«

»Indem sie ein Verhältnis mit deren Vater anfängt?«

»Dem einzigen Menschen, den Daniela je geliebt hat.«

»Somit hätte Renate aber auch keinen Grund, Daniela umzubringen.«

»Wieso?«

»Weil ihr Racheplan erst perfekt gewesen wäre, wenn Daniela von dem Verhältnis erfahren hätte.«

Die Wanzi-Oma hat immer gesagt: »Um die Liebe kämpft man nicht. Bei diesem Kampf gibt es keine Gewinner.«

17.

Kleinlichs Handy läutete. Es war Inspektor Münzer. »Chef, wir haben versucht, den Florian Trauner zu finden, aber sein Handy ist aus. Er ist nicht in seiner Studenten-WG in Graz und bei seiner Verlobten auch nicht.«

»Er ist doch hier in Steyr aufgewachsen. Vielleicht ist er bei seinen Eltern?«

»Okay, dass check ich gleich mal. Ende.«

Das check ich mal, dachte Kleinlich. Kann der Münzer nicht einfach sagen, er überprüft das? Immer diese Anglizismen! Dazu hatte er vor Kurzem von Neuer auch einen Vortrag gehalten bekommen. Die Vermischung der deutschen und englischen Sprache sei für eine globale und interkulturelle Weiterentwicklung unumgänglich. Das *Denglisch*, wie Neuer es nennt, wird sich zu einer anerkannten Verständigungsform der nächsten Generationen entwickeln. Aber ich mache da sicher nicht mit, lieber gehe ich in Frühpension und kaufe mir eine einsame Hütte an einem See, wo ich das ganze Jahr mit niemandem reden muss, vor allem kein *Denglisch*. Diesen Gedanken verwarf er sofort wieder. Abgesehen davon, dass es in ganz Österreich keine einsamen Hütten am See mehr gab, würde er seine Zeit doch lieber mit Mitzi verbringen. Bei der musste er auch nicht viel reden.

Wieder läutete sein Handy und schreckte ihn aus seinen Zukunftsgedanken. Es war noch einmal Münzer.

»Chef, die Familie Trauner wohnt in Garsten. Ich schick Ihnen gleich die Adresse aufs Handy. Ende.«

»Was soll denn das jetzt immer mit diesem blöden ›Ende‹ am Schluss?«, ärgerte sich Kleinlich, doch Münzer hatte schon aufgelegt.

»Das habe ich dem Münzer und den anderen Kollegen empfohlen. Es verhilft zu einer effektiveren Kommunikation, und …« Kleinlich winkte ab. Er wollte jetzt keine Diskussion über seine antiquierten Arbeitsmethoden, die der jungen Beamtengeneration oft ein ironisches Lächeln entlockte. Natürlich hatte die technische Entwicklung die Aufklärung eines Mordes wesentlich vereinfacht, aber man musste das Rad nicht immer neu erfinden, wenn einen das alte auch ans Ziel brachte. Es würde schon reichen, wenn man das alte Rad pfleglich behandelte, damit es mit dem neuen Wagen mithalten konnte. Das galt vor allem für das Zwischenmenschliche, denn da hatte der Mensch noch einiges an Entwicklung nötig.

Kleinlichs Handy piepte. Münzer hatte die Adresse geschickt. »Wir müssen in die Friedhofsiedlung. Ich sag Ihnen den Weg an.«

Das Haus der Familie Trauner stand direkt an der Zufahrt zum Friedhof. Vor dem Haus standen zwei Autos. Ein dunkelblauer Mercedes und ein roter Fiat Panda älteren Baujahrs. Auf der Heckscheibe des Pandas klebte ein gelb-weißer Aufkleber mit der Aufschrift »UNI GRAZ«.

Neuer klingelte, und schon nach wenigen Sekunden wurde die Haustür geöffnet.

Kleinlich traute seinen Augen nicht. Vor ihnen stand Mitzi! Die sollte doch zu Hause sein. Oder zumindest sollte sie nicht alleine unterwegs sein. »Was willst du denn hier?« Er konnte sich nicht entscheiden, ob er wütend oder froh sein sollte, sie zu sehen.

»I könnt' jetzt irgendeine Geschichte erfindn, die du mir sowieso ned glaubst«, antwortete Mitzi, »aber des bringt ja nix. Also, i bin da, weil i schaun wollt, ob der Flori bei seine Eltern is, und dann hätt' i di natürlich sofort ang'rufn.«

Kleinlich zog sein Handy heraus, und deutete auf das Display, um der Mitzi zu zeigen, dass da kein Anruf von ihr gekommen war.

»Jaja, lass mi weiter erzähln. Wie i herkommen bin, hat mir die Mama vom Flori aufg'macht. I kenn die Hermi gut, weil unsere Bubn immer zammpickt sind. Sie war ganz aufg'regt. Hat g'sagt, sie weiß ned, was sie mit dem Flori machn soll. Der is am Samstag plötzlich heimkommen, und seitdem liegt er im Wohnzimmer und sagt nix. Sie wollt, dass i den Berti anruf, dass der mit dem Flori redt, aber dann seid's ihr schon kommen. I hab nur aufg'macht, weil i glaubt hab, der Berti is da.«

Kleinlich wollte gerade mit der Mitzi schimpfen, als Berti vor dem Haus stehen blieb. Der Chefinspektor nahm Mitzi an der Hand und brachte sie zum Auto. »Mitzi, bitte fahr mit dem Berti nach Hause und bleib dort.« Seine Stimme duldete keinen Widerspruch. Er sah noch zu, wie Mitzi ins Auto stieg und mit Berti wegfuhr. Dann betrat er mit Neuer das Haus, wo Frau Trauner schon auf sie wartete. Wie es passieren konnte, dass Mitzi allein unterwegs gewesen war, würde er später noch mit Baumüller klären.

»Sie sind von der Polizei?« Hermine Trauner flatterte herum wie eine Vogelmutter, die ihre Jungen verteidigt. »Bitte, mein Flori hat mit dieser ganzen Sache nix zum Tun!«

»Frau Trauner, wir müssen Ihren Sohn trotzdem mit auf

die Polizeiinspektion nehmen. Er muss uns ein paar wichtige Fragen beantworten.« Kleinlich deutete nach hinten, wo er das Wohnzimmer vermutete. »Ist er da drin?« Hermine Trauner nickte und ließ die Beamten vorbei.

Im Wohnzimmer saß Florian Trauner völlig apathisch auf der Couch. Beim Eintreten von Kleinlich und Neuer hob er den Kopf.

»Herr Trauner, Sie müssen bitte mitkommen. Sie stehen im Verdacht, Daniela Rauscher von der Dambergwarte gestoßen zu haben.«

Florian rührte sich nicht. Schaute die beiden nur mit großen Augen an. Neuer ging zu ihm und berührte ihn leicht am Oberarm. »Haben Sie verstanden, Herr Trauner?«

Hermine setzte sich neben ihren Sohn und legte ihm den Arm und die Schultern. »Komm, Flori, i weiß, dass du nix g'macht hast. Geh mit, dann klärt sich das alles schnell auf. Der Papa und ich kommen auch gleich nach.« Sie half Florian beim Aufstehen. Im Vorraum nahm sie seine Jacke von der Garderobe, doch Florian machte keine Anstalten, diese anzuziehen. Wie bei einem kleinen Kind steckte Hermine zuerst Floris rechten Arm und dann den linken in die Jackenärmel, zog sie ihm über die Schultern und machte den Reißverschluss zu. Dann ging er zwischen Neuer und Kleinlich zum Dienstauto und stieg widerstandslos ein.

Während der Fahrt schwieg Florian weiter. Erst als sie in den Hof von Schloss Lamberg fuhren, in dem die Polizeiinspektion untergebracht war, fing er an zu reden. »Meine Mama hat recht, ich hab wirklich nichts mit dem Tod von der Dani zu tun.«

»Wir reden in meinem Büro, Herr Trauner«, sagte Kleinlich.

Sie gingen nach oben. Neuer holte noch drei Kaffee und stellte einen vor Florian, der sich inzwischen auf den Stuhl gegenüber von Kleinlich gesetzt hatte. Den zweiten Becher drückte er seinem Chef in die Hand und hockte sich dann auf das Fensterbrett hinter Kleinlich.

Der Chefinspektor ließ Florian noch etwas Zeit. Der trank seinen Kaffee in kleinen Schlucken. Sein Blick war starr auf die rote Aktenmappe gerichtet, die vor ihm auf Kleinlichs Schreibtisch lag.

»Herr Trauner, Sie waren letzten Donnerstag mit Daniela Rauscher auf dem Damberg.«

Florian zuckte hoch. »Woher wissen Sie das?«

»Sie wurden dort von einer Joggerin gesehen. Es stimmt also?«

Florian zog den Kopf zwischen die Schultern und schwieg wieder.

»Hatten Sie ein Verhältnis mit Daniela?«

Keine Antwort von Florian. Im Gegenteil, er verschränkte die Arme vor der Brust und presste die Lippen zusammen.

»Hat Daniela Ihnen gedroht, dass sie Ihrer Verlobten von der Affäre erzählt, und haben Sie Daniela dann von der Warte gestoßen?«

Florian senkte seinen Kopf noch tiefer und sagte kein Wort.

»Ich fürchte, so kommen wir nicht weiter.« Kleinlich seufzte. »Neuer, bringen Sie den Herrn Trauner in eine Zelle. Wir werden uns später noch einmal unterhalten.«

Neuer brachte Florian nach draußen zu Inspektor Münzer, der den jungen Mann wegführte, und ging zurück in Kleinlichs Büro.

»Was machen wir jetzt, Chef?«

»Kurze Zusammenfassung.« Kleinlich stand auf und ging im Büro auf und ab. »Wir wissen inzwischen, dass sich zur Tatzeit fünf Personen, außer dem Opfer, auf dem Damberg befanden. Klara und Mitzi können wir als Täterinnen ausschließen. Da sind wir uns doch einig.« Er blieb vor Neuer stehen. »Oder?«

»Natürlich, Chef.«

»Gut.« Kleinlich ging weiter. »Dann waren da Dietmar Krauskopf junior, der uns einen Hinweis auf Renate Strassmaier gegeben hat, die uns wiederum auf Florian Trauner gebracht hat. Alle drei haben ein starkes Motiv für den Mord. Dietmar und Renate versichern, dass sie es nicht waren, können aber auch kein Alibi oder einen Entlastungszeugen vorweisen.« Er setzte sich wieder an seinen Schreibtisch. »Florian versucht erst gar nicht, sich irgendwie zu rechtfertigen, und schweigt. Weil er der Täter ist und sich nicht selbst belasten möchte?«

»Oder weil er jemand anderen schützen möchte«, meinte Neuer. Kleinlich schaute ihn fragend an.

»Seine Verlobte, Lena Steiner. Was, wenn sie doch von dem Verhältnis zwischen Daniela und Florian gewusst und die beiden heimlich verfolgt hat?«

»Guter Gedanke.« Kleinlich nickte zustimmend. »Fragen Sie im Krankenhaus nach, ob Lena am Donnerstag Dienst hatte. Wenn nicht, werden wir sie noch einmal befragen.«

»Wissen Sie, Chef, was ich auch nicht verstehe? Auf dem Handy von der Daniela war doch die Nachricht, dass sie sich mit dem *Witcher* bei der Warte treffen wollte.«

»Worauf wollen Sie hinaus?« Kleinlich hatte keine Ahnung, was sein Assistent meinte.

»Wenn die Daniela dort eine Verabredung mit dem *Witcher* hatte, warum hat sie dann den Florian mitgenommen?« Bevor der Chefinspektor antworten konnte, gab Neuer sich selbst die Antwort. »Vielleicht hatte sie Angst. Oder sie wollte einen der beiden eifersüchtig machen. So ganz unschuldig war die gute Frau nicht.«

»Neuer, ich bin wirklich kein Bibelfreund, aber so manches, was da drinsteht, sollten Sie sich zu Herzen nehmen. Zum Beispiel, wer ohne Schuld ist, werfe den ersten Stein.« Kleinlich klang verärgert. »Und egal, was ein Mensch einem anderen antut, für mich gibt es keine Rechtfertigung für einen Mord. Unser Job ist es, den Opfern zu helfen, indem wir die Täter finden. Um den Rest kümmern sich die Gerichte.«

»Das sollten Sie sich auch zu Herzen nehmen, Chef«, sagte Neuer.

Bevor Kleinlich nachfragen konnte, was sein Assistent denn damit meinte, klopfte es an der Bürotür, und Inspektor Münzer kam herein. »Chef, da ist ein Frau Wilding. Die sagt, sie hätte eine Information zu Daniela Rauscher.«

»Dann bringen Sie die Dame bitte rein, Münzer.«

Der Inspektor nickte und führte gleich darauf eine elegant gekleidete, etwa 40-jährige Frau zu Kleinlich ins Büro.

»Grüß Gott, Frau Wilding.« Kleinlich deutete ihr, sich zu setzen. »Wie kann ich Ihnen helfen?«

»Also, ich bin … war die Chefin von Daniela.« Frau Wilding wirkte nervös. »Ich weiß nicht, ob es wichtig ist, aber letzten Mittwoch gab es einen Zwischenfall bei uns im Geschäft.«

»Alles kann wichtig sein. Bitte erzählen Sie.«

»Gleich nachdem wir geöffnet hatten, kam eine Frau herein. Sie wollte unbedingt mit der Dani sprechen. Die beiden sind nach hinten ins Lager gegangen, und da ist es plötzlich sehr laut geworden.«

»Sie meinen, Daniela und die Frau hatten einen Streit?«

Frau Wilding nickte. »Ja, ich konnte nicht alles verstehen, aber die Frau hat immer von ihrem Buben geredet, und dass die Dani ihn bitte in Ruhe lassen soll. Und dann hat die Dani geschrien: ›Was? Er ist der *Witcher*? A so ein Trottl!‹, und hat laut zum Lachen angefangen. Daraufhin ist die Frau weinend aus dem Geschäft gelaufen.«

»Haben Sie die Daniela gefragt, was da genau los war?«

»Nein, ich war so schockiert! Ich meine, die Dani war eine Spitzenverkäuferin, und ich habe nie erlebt, dass sie so mit jemandem geredet hat. Und dann ausgerechnet mit der Frau Krauskopf!«

»Frau Krauskopf?! Sind Sie sich da sicher?«

»Natürlich bin ich mir sicher. Ich kenn die Frau Krauskopf von verschiedenen Benefizveranstaltungen.«

»Danke, Frau Wilding. Sie haben uns sehr weitergeholfen.« Kleinlich stand auf und reichte ihr die Hand. Frau Wilding verließ schnell Kleinlichs Büro.

Neuer setzte sich auf den vorgewärmten Sessel. »Daniela hat also gewusst, dass Dietmar junior der *Witcher123* ist, bevor sie sich mit ihm bei der Warte verabredet hat, und wollte ihm wahrscheinlich eins auswischen. Aber woher wusste Dietmars Mutter von der Datingsache?«

»Keine Ahnung.« Kleinlich zuckte mit den Schultern. »Aber genau das werden wir jetzt rausfinden.« Er nahm seine Jacke. »Kommen Sie, Neuer. Wir fahren zu den Krauskopfs.«

Von außen war das Haus dunkel und still. In der Einfahrt stand Gerlindes Mopedauto, schief geparkt. Das rechte Rücklicht war kaputt und die Stoßstange zerkratzt. Neuer läutete, und sofort wurde die Haustüre aufgerissen. Vor ihnen stand Dietmar senior, offensichtlich betrunken und noch immer in derselben Kleidung, die er bei der Befragung auf der Polizeiinspektion getragen hatte. Sein strenger Körpergeruch reizte Kleinlichs Nase. Er versuchte, ein Niesen zu unterdrücken, und hielt den Atem an.

»Was wollen denn Sie schon wieder?«, schrie Dietmar die beiden Beamten an. Sein Mundgeruch vermischte sich mit den Schweiß- und Alkoholausdünstungen. Kleinlich und Neuer traten zwei Schritte zurück, um der Gestankwolke zu entgehen. Im Geiste sah Kleinlich die Buxbaumbüsche neben der Haustür verdorren und Vögel ohnmächtig vom Himmel stürzen. Meine Güte, wie konnte ein Mann sich so gehenlassen, dachte er. Und warum regt mich das eigentlich auf? Ich habe in meiner Zeit bei der Kriminalpolizei schon ganz andere Unmenschlichkeiten erlebt. Das muss Mitzis Einfluss sein. Er wusste nicht, ob ihm seine neue Gefühls- und Gedankenwelt gefiel.

»Herr Krauskopf, wir müssen noch einmal mit Ihrem Sohn sprechen und hätten auch ein paar Fragen an Ihre Frau.« Neuer hatte als Erster die Sprache wiedergefunden. Er trat noch einen Schritt zurück, weil er einen Angriff von Dietmar erwartete. Zumindest verbal. Doch da hatte er sich geirrt. Dietmar sank in sich zusammen wie ein Luftballon, dem langsam die Luft ausgeht. Er drehte sich wortlos um und ging nach oben, um seinen Sohn zu holen.

Kleinlich und Neuer betraten das Haus. Es war unaufgeräumt und stickig. Wieder einmal der Beweis für den Chefinspektor, dass die Fassade selten hielt, was sie versprach.

Von oben hörten sie erregte Stimmen. Dietmar senior befahl seinem Sohn, er solle gefälligst seinen faulen Arsch nach unten bewegen und die Scheiße auslöffeln, die er angerichtet hatte.

Wie ein Geist erschien plötzlich Gerlinde Krauskopf. Ihr äußerlicher Zustand war genauso desolat wie der ihres Mannes, aber wenigstens roch sie nach frisch aufgetragenem Deo. Im Gegensatz zu Dietmar war ihr anscheinend noch ein Rest Anstand und Würde geblieben.

Mit einem maskenhaften Lächeln bat sie die Beamten in die Küche, die, anders als der Rest des Hauses, aufgeräumt war. Für Kleinlich ein verzweifelter Versuch, die Ordnung im Leben wenigstens ansatzweise aufrechtzuerhalten. Er hatte das schon in vielen Familien erlebt. Die Küche war das soziale Zentrum des familiären Mikrokosmos, und solang dort Ordnung herrschte, war auch die Welt in Ordnung. Das war natürlich ein fataler Irrglaube, aber für viele Menschen die letzte Hoffnung, dass alles gut war und blieb.

Gerlinde setzte sich auf einen der unbequem aussehenden Küchenstühle. Sie starrte aus dem Fenster. Sie schien die Anwesenheit von Kleinlich und Neuer schon wieder vergessen zu haben und zuckte nur kurz zusammen, als die beiden Dietmars in die Küche polterten, wobei der Senior den Junior am Hemdkragen gepackt hatte und hinter sich herzog.

»Setz' dich hin und benimm di endlich wie ein richtiges Mannsbild!« Dietmar senior wandte sich an seine Frau. »Und was is mit dir? Bist du wirklich so blöd, dass du der Polizei ned einmal einen Kaffee anbieten kannst?«

Jetzt wurde es Kleinlich zu viel. »Herr Krauskopf«, sagte er mit scharfer Stimme, »wir möchten mit den beiden alleine sprechen. Bitte gehen Sie raus!«

Für einen Moment flackerte Wut in Dietmars Augen auf. Wie konnte dieser Wappler es wagen, so mit ihm zu reden? Das war sein Haus! Seine Familie! Er schaute auf die zwei armseligen Gestalten. Ja, genau! Seine Familie! Ein verweichlichter Sohn und eine verhuschte Ehefrau. Nein danke! Die sollten alleine schauen, wie sie aus der Scheiße wieder rauskamen. Ich bin fertig mit denen, dachte Dietmar und verließ mit einem Türknallen die Küche.

Dietmar juniors Blick wanderte nervös zwischen Kleinlich und Neuer hin und her.

Kleinlich deutete Neuer an, mit der Befragung zu beginnen. Er hatte den Eindruck, dass Dietmar junior dem jungen Beamten mehr vertrauen würde.

»Dietmar …« Neuer wartete einen Moment, ob Dietmar gegen die vertrauliche Anrede protestieren würde, doch der schaute ihn nur ängstlich an.

»Dietmar, bitte erzählen Sie uns noch einmal genau, was passierte, als Sie am Donnerstag bei der Warte ankamen. War da wirklich niemand außer der Toten?«

»Nein, da war keiner!« Dietmars Antwort kam zu schnell und zu heftig. Sein ganzer Körper zitterte.

»Wir haben aber eine Zeugenaussage, dass Daniela nicht alleine auf den Damberg gefahren ist. Ein Mann war bei ihr und ist auch mit ihr ausgestiegen und den Berg hinaufgegangen. Florian Trauner. Kennen Sie den?«

»Wen? Wie heißt der? Nein, kenn' ich ned!« Dietmar wurde immer nervöser. Der Schweiß stand ihm auf der Stirn, und er hatte rote Panikflecken im Gesicht und am Hals.

»Ach, Bub …«, sagte Gerlinde plötzlich, ohne ihren starren Blick vom Fenster abzuwenden, »… sag doch einfach die Wahrheit. Sag einmal in deinem Leben die Wahrheit. Dann hast noch die Chance, anders zu werden als dein beschissener Vater.«

Dietmar schaute verstört auf seine Mutter. So hatte sie noch nie über ihren Mann geredet. Und sie hatte auch noch nie von ihrem Sohn verlangt, dass der für seine Fehler geradestehen sollte. Immer hatte die Mama den Buben verteidigt, seine blödsinnigen Streiche in der Schule vertuscht, sein ausschweifendes Leben finanziert.

Aber sie hatte recht. Er wollte nicht so werden wie sein Vater.

»Ja, es stimmt«, Dietmars Stimme war brüchig, »die Daniela war ned alleine am Aussichtsturm. Wie ich hingekommen bin, hab ich sie schon oben auf der Plattform lachen gehört. Zuerst hab ich denkt, dass sie telefoniert. Aber wie ich dann raufkommen bin, hab ich gesehen, dass sie mit dem Flori oben ist. Die zwei haben sich umarmt und gebusselt.« Sein Gesicht verhärtete sich und sein Atem wurde schneller. »Die Daniela hat so getan, als hätt sie mich nicht gesehen. Aber dann hat sie den Flori ganz lange geküsst und mich dabei total provokant ang'schaut. Ich war auf einmal so wütend. Ich hab den Flori gepackt und von ihr weggestoßen. Der war total überrascht. Hat gestottert, was ich da will.« Er machte eine Pause und schloss die Augen. Kleinlich konnte förmlich sehen, wie die Bilder in seinem Kopf herumrasten.

»Die Dani ist da gestanden und hat einfach nur gelacht. Sie hat mich ausgelacht. Da bin ich völlig auszuckt. Ich wollt dem Flori ein paar ordentliche Watschn runterhauen, aber die Dani hat mich gepackt und wollt mich von ihm wegziehen. Ich … ich hab mich umgedreht und sie weggestoßen.« Dietmar fing an zu weinen und versteckte sein Gesicht in den Händen. »Es war doch gar kein fester Stoß! Aber sie ist trotzdem nach hinten gestolpert und über das Geländer gestürzt.« Er sprang auf und lief zu seiner Mutter. »Ich wollt des ned, Mama! Ich wollt des ned!« Verzweifelt klammerte er sich an Gerlinde. Die nahm ihn auf den Schoß und wiegte ihn wie ein kleines Kind. »Is schon gut, Bub. Es ist ned deine Schuld.«

Kleinlich ließ den beiden Zeit. Obwohl die Szene irgendwie grotesk wirkte. Der große, leicht übergewichtige Sohn, der sich an seiner fast zwei Köpfe kleineren, schmächtigen Mutter festhielt, so als könnte sie ihn vor dem Ertrinken im reißenden Lebensfluss retten. Trotzdem berührte dieses Bild etwas in ihm. Die Mitzi würde für ihren Sohn genauso da sein, dachte Kleinlich, und wünschte sich, dass sie es für ihn auch tun würde. Wenn er denn irgendwann einmal fallen sollte.

Schließlich musste er diesem innigen Moment ein Ende bereiten.

»Dietmar, wir müssen Sie jetzt leider mitnehmen.«

Gerlinde streichelte ihrem Sohn noch einmal über den Rücken und schob ihn dann weg. »Geh schon, Bub. Es wird alles gut. Ich versprech's dir.«

Neuer nahm Dietmar am Arm und brachte ihn nach draußen zum Auto. Kleinlich blieb noch in der Küche bei Gerlinde.

»Brauchen Sie Hilfe, Frau Krauskopf? Soll ich jemanden anrufen? Oder den psychologischen Notdienst vorbeischicken?«

Gerlinde schüttelte stumm den Kopf und winkte mit der Hand zum Zeichen, dass er sie alleine lassen könnte.

Der Chefinspektor hatte kein gutes Gefühl dabei, aber er konnte einem erwachsenen Menschen die Hilfe nicht aufzwingen. Also folgte er Neuer und Dietmar, und sie fuhren zurück auf die Polizeiinspektion.

Die Wanzi-Oma hat immer gesagt: »Schicksalsschläge lassen sich ertragen. Sie kommen von außen auf uns zu, sind zufällig.

Aber durch die eigene Schuld leiden, das ist der Stachel des Lebens.«

Manchmal hat auch die Wanzi-Oma ihre Lebensweisheiten ausgeliehen. In diesem Fall bei Herrn Oscar Wilde.

18.

Auf der PI übergab Neuer den völlig gebrochenen Dietmar den Kollegen und bat sie gleichzeitig, Florian Trauner zu Kleinlich ins Büro zu bringen. Und vielleicht könnten die Kollegen es so arrangieren, dass sich die beiden ganz zufällig auf dem Gang begegneten. Ein primitives, aber meist erfolgreiches Manöver, um einen Verdächtigen zum Reden zu bringen.

Bei Florian funktionierte dieser Trick nicht.

Stocksteif und schweigend saß er mit verschränkten Armen vor Kleinlich und starrte an die Wand.

»Herr Trauner, wir haben von Dietmar gehört, was bei der Warte passiert ist. Können Sie uns seine Version bestätigen? Dass es eigentlich ein Unfall war?«

Florian ignorierte den einschmeichelnden Tonfall des Chefinspektors und schwieg weiter beharrlich.

»Ist Ihnen bewusst, dass Sie zumindest wegen unterlassener Hilfeleistung angeklagt werden? Womöglich hat Daniela nach dem Aufprall noch gelebt und würde auch noch leben, wenn Sie ihr geholfen hätten.«

Zum ersten Mal zeigte Florian eine Reaktion. Er legte seine linke Hand auf sein Herz und krallte sich an seinem T-Shirt fest.

»Haben Sie denn nicht einmal nachgesehen, ob sie noch lebt?«

Florian schüttelte den Kopf. »Wir waren so in Panik, der Didi und ich.« Seine Stimme war kaum hörbar. »Wir haben auch gar nichts miteinander geredet. Sind einfach vom Turm gerannt und weggelaufen.« Er hob den Kopf und schaute Kleinlich an. Seine Augen waren rot und geschwollen, so als hätte er stundenlang geweint. Tiefe Schatten lagen darunter, die durch seine bleiche Gesichtsfarbe noch verstärkt wurden. »Der Didi hat mich zu meinem Auto gefahren. Ich weiß gar nicht mehr, wie er das geschafft hat, ohne einen Unfall zu bauen. Der war komplett fertig. Er hat immer nur geflüstert, warum die Dani des gemacht hat. Warum hat sie des g'macht? Warum hat sie des g'macht? Die ganze Fahrt lang ging des so.« Florian wurde lauter. »Ich hab ihn angeschrien, er soll mir sagen, was er damit meint, aber ich glaube, er hat mich gar ned gehört. Beim Parkplatz vom Stadtbad bin ich dann ausgestiegen, weil dort mein Auto stand. Der Didi ist einfach weitergefahren.« Er hob verzweifelt die Hände. »Ich hab ned gewusst, was ich tun soll! Ich hab wirklich geglaubt, dass die Dani tot ist und wir eh nix mehr machen können. Und wenn ich dortgeblieben wäre, hätte doch die Lena alles erfahren!« Florian erstarrte. »Des wird sie jetzt sowieso. Oder?«

»Das wird sich nicht vermeiden lassen, Herr Trauner«, sagte Kleinlich. »Wollen Sie Ihre Verlobte noch anrufen, bevor Sie nach Linz in die Untersuchungshaft überstellt werden?«

»Meine Verlobte ...«, erwiderte Florian traurig, »... des kann ich jetzt wohl vergessen. Aber ich bin ja selber schuld.« Er stand auf, und Neuer brachte ihn nach draußen.

Kleinlich schob seinen Sessel zurück und legte die Beine auf den Schreibtisch. Er fühlte sich müde. Warum war es den Menschen immer so wichtig, einen Schuldigen zu finden, dachte er. Natürlich ist es meine Aufgabe, den Täter zu finden, aber auf eine rein polizeitechnische Weise. Fakten und Beweise sammeln, Spuren suchen, Geständnisse protokollieren. Die Schuldfrage interessiert mich nicht, weil es schwer ist, darauf eine Antwort zu finden. Schuld kann einem auferlegt werden, oder man gibt sich selbst die Schuld. Aber egal, welche Antwort man auf die Schuldfrage bekommt, sie ändert nichts an dem, was geschehen ist.

Er stand auf und ging nach draußen. Alles an ihm war schwer. Seine Beine, seine Arme, sein Kopf, seine Gedanken, seine Gefühle. Vielleicht war er wirklich ein Dinosaurier, wie Neuer meinte. Und vielleicht waren die Dinosaurier gar nicht ausgestorben, weil mehrere große Vulkane ausgebrochen waren und die Lava ihren Lebensraum bedeckte, sondern weil sie müde waren. Müde von den vielen Veränderungen der Welt.

Langsam schleppte er sich an den Kollegen vorbei, warf Neuer, der ihm etwas sagen wollte, einen kurzen Blick zu. Er wollte jetzt mit niemandem reden. Neuer verstand.

Im Hof schaute Kleinlich sich suchend um. Er wusste nicht mehr, wo sein Auto stand. Ach ja, das war verbrannt. Selbst die Erinnerung daran konnte ihn nicht aus seiner Müdigkeit erlösen. Die Wut auf Putemko und die Sorgen um die Menschen, die durch seine Vergangenheit bedroht waren, hatten sich unter dieser bleischweren Decke versteckt. Irgendwann würden sie wieder hervorgekrochen kommen.

Er ging an dem rot-weißen Schranken vorbei, überquerte die steinerne Brücke über den Schlossgraben und blieb plötzlich stehen. Beim Ausfahrtstor stand Mitzi. Sie trug ein leuchtend gelbes Kleid. Um ihren Kopf hatte sie ein pinkfarbenes Tuch wie einen Turban gebunden. Sie winkte ihm mit einem Lächeln, das über ihr ganzes Gesicht ging, zu.

Kleinlich hob seinen rechten Arm, der sich mit einem Mal viel leichter anfühlte, und winkte zurück. Seine Schritte wurden schneller, die letzten lief er schon. Er drückte Mitzi an sich wie ein Ertrinkender den Rettungsring. Meine Güte, ist das kitschig, dachte er, und genoss die Veränderung, die da mit ihm passierte.

EPILOG

Der Aussichtsturm auf dem Damberg war auch noch zwei Wochen nach Daniela Rauschers Tod ein morbides Ausflugsziel. Die Menschen standen Schlange, um über die steile Holztreppe auf die Aussichtsplattform zu gelangen. Die Freiwillige Feuerwehr musste extra einen Ordnerdienst einteilen, um die Massen sicher rauf und runter zu bringen.

Selbst der *Schramml-Wirt* schimpfte nicht mehr über die vielen Autos auf seinem Parkplatz, weil das Mordpilgern auch ihm eine volle Kasse bescherte.

An diesem Sonntag war besonders viel los. Der Turm knarrte und ächzte unter dem Gewicht der Schaulustigen. Auf der Plattform klickten die Handykameras, und unzählige Selfies vom Mörderturm wurden in die weite Welt verschickt.

Eine junge Frau stellte sich an das Geländer. »Wo, glaubst du, war genau die Stelle, wo er sie runtergeworfen hat? Hier vielleicht?«, fragte sie ihren Mann, der sie mit dem Fotoapparat ins Visier nahm und ein paar Mal auf den Auslöser drückte. Er schaute nach unten. »Ja, ungefähr. Ich kann noch ganz schwach die Kreideumrisse sehen, wo sie gelegen ist.«

»Geh, das macht man doch heute gar nicht mehr. Oder?«

Der junge Mann zuckte mit den Schultern und stellte sich neben seine Frau. »Entschuldigung«, sagte er zu der älteren Frau neben ihm, »würden Sie bitte ein Foto von uns machen?«

Die Angesprochene schaute ihn mit müden Augen an. »Ich bin schuld«, flüsterte sie, lehnte sich über das Geländer und ließ sich fallen.

Die Wanzi-Oma hat immer gesagt: »Schuld lebt in der Vergangenheit. Wenn du in der Zukunft leben willst, musst du verzeihen, Mitzi, vor allem dir selbst.«

REZEPT

Rezept für den Mohnguglhupf von der Wanzi-Oma

100 g Butter
2 Eier
300 g Zucker
300 g Mehl
1 Pkg. Backpulver
2 Tassen Milch
Rum oder Zitronengeschmack
300 g Mohn, gemahlen

Butter, Eier und Zucker schaumig rühren.

Mehl mit Backpulver mischen und mit den restlichen Zutaten verrühren.

Eine Gugelhupfform gut einfetten, den Teig einfüllen und bei 175 Grad circa 45 Minuten backen.

KARINA BAUMANN
Christkindl-
mord
Kriminalroman
GMEINER